看不见的火车

贾诗瑶◎著

中国出版集团公司
華文出版社

图书在版编目（CIP）数据

看不见的火车 / 贾诗瑶著. —北京：华文出版社，2022.11
ISBN 978-7-5075-5648-3

Ⅰ. ①看… Ⅱ. ①贾… Ⅲ. ①长篇小说－中国－当代 Ⅳ. ①I247.5

中国版本图书馆CIP数据核字（2022）第093488号

看不见的火车
KAN BU JIAN DE HUO CHE

著　　者：贾诗瑶
责任编辑：景洋子
出版发行：华文出版社
地　　址：北京市西城区广外大街305号8区2号楼
邮政编码：100055
网　　址：http://www.hwcbs.cn
电　　话：编辑部010-58336252　发行部010-58336202
总编室010-58336239
经　　销：新华书店
印　　刷：济南精致印务有限公司
开　　本：880mm × 1230mm　1/32
印　　张：7
字　　数：140千字
版　　次：2022年11月第1版
印　　次：2022年11月第1次印刷
标准书号：ISBN 978-7-5075-5648-3
定　　价：58.00元

/ 目　录 /

第一章

这是我长大的地方

34 岁生日这一天，一切都糟糕透顶。

已经修改过 13 次的稿件再次被退回，和编辑大吵一架后，我愤怒地删除了通讯录里所有编辑的联系方式。

我把那叠和自己最初想写的故事毫无瓜葛的废纸，扔到小区垃圾桶旁。至于为什么不扔进垃圾桶，我想可能是因为垃圾分类里，没有“思想垃圾”这一类别。

连流浪猫都懒得在我的故事旁边多停留几秒，说真的，可以理解，我自己也不想看。

坐在电脑前，看着满满一屏幕的文档，我突然开始怀疑，或许我根本就不是一个会讲故事的人。

在把文档一个个拖进废纸篓里的时候，父亲打电话来了。

他说，姑姑去世了。

正值傍晚，空气里满是青草和溪水的气息，蝉鸣的声音特别响，晚霞是橙红色的。前些天刚下过雨，乡间的土路上，有些地方干，有些地方湿，湿着的地方的车辙就更加明显。孩子们把用木头雕成的小车，放在这些车辙上，然后手动推着小车前行。在大人看来，这些十一二岁的孩子重复着同一个动作，无聊至极，可我们却乐此不疲。

玉米地里，一个戴着和晚霞有着同样颜色的遮阳帽的女人也正不停地重复着同一个动作：弯腰，起身，弯腰，起身……

她抬头看了看太阳的方向，朝我们用方言喊了声："尧儿哥，快七点啦。"

我们便一阵欢呼，拾起地上的小车，一同向太阳落山的方向跑去。

我们一起跑啊跑，跑啊跑，跑到成片的田野之外，齐齐一排站好，望向再远些的高坝，一起等待着什么。

父亲说，如果不忙的话，早些回来。

我低低地"嗯"了一声，他便先挂了电话。

我继续开始删电脑内的文档，脑海里却总是出现田里那永远戴着橙黄色遮阳帽的女人，她是父亲的妹妹。今天，在我 34 岁这天，她永远离开了，在还没和她的尧儿哥道别之前。

如何用最快的时间回到我的家乡？

火车？飞机？高铁？

我选择了开车。

我从这个已经生活了 16 年的城市，开了出去，以最慢的方式，缓缓地，在拥堵的车流里，挪出去。这让我有种主动接受凌迟的快感。

已经有几年没有写出好的作品了，主动联系我的出版社越来越少，手上有的稿子也被一磨再磨。我承认，我正在逐渐变成一个失败者。34 岁，在这个城市里还算年轻，可前仆后继野心勃勃的更年轻的人，就像此刻裹着我的车流一般，齐心协力地把那些还算年轻却不算成功的人推离这里。

我两手空空地上了车，什么都没有拿，似乎没什么可拿的。只是回去待几天罢了，我想我可以回去闻闻乡土的气息，找找所谓的淳朴，然后再回到这里，从头开始，写出一本带着所谓“真心”的、可以荣登畅销榜首的书。再像 24 岁我的第一本小说出版时一样，一鸣惊人，让那些觉得我的作品是“垃圾”的编辑，全都来争抢我的故事。

甚至我连自己小说的宣传文案都已经想好：远离都市，回归纯真生活，缅怀过去，从“心”之作，作家程尧沉淀数年，全新力作正式上线！

我怀着失去亲人的钝感和野心勃勃的自我救赎心理，走上了归乡之路。

一路开开停停，经过 12 小时 34 分，才在高速的标示牌上，看到那个小城的名字——童安。

小时候，父亲告诉我，说这里叫童安的原因，是因为这个城市是一个安宁的童话城。而我们的小镇叫童桦。

童桦在童安城的最北边，靠山，有水，长满桦树。

已经不知有几年没有回过这里了。

记忆里，下了高速往前开 15 分钟，在一个被北方的尘土蒙得发灰的加油站处，右拐，就上了一条土路。

现在是水泥路了，虽然还是只容得下一辆车开过。

沿着这条水泥路一直开，就经过了一个很深的桥洞。小时候每当下大雨，桥洞里都要积很多水，人、车就无法出入。总记得大雨过后，父亲会和镇上的一些叔叔来这儿取水，有时又只有他一人来这里干这脏活。

我常坐在一旁的一棵老木桩上，看着叔叔们几个人合力抬起一个大桶，用桶把水舀起，再倒进路两旁的沟壑里。不知重复多少次，路就通了。等我要离开这里去上大学时，也下了大雨，可通路已经不用大桶了，用抽水机。

那天依旧是父亲去通的路。抽水机的声音轰隆隆的，像决定永远离开这里，去往梦想之城的我，蓬勃又有力的，甚至有些吵闹的心跳。

抽水，是我对这个桥洞的唯一记忆。

我毫不留恋地开车通过这个桥洞，甚至有意加速。

通过已经平整的水泥路，我却仿佛还能看到那湿漉漉、脏兮兮的桥洞里，父亲弯着腰的身影。我讨厌这种沉默的身姿。

父亲是个只知沉默着做事的好人，所以他一辈子都留在这里，无条件地帮助着这里的人，带着尴尬又善意的笑，一次又一次，主动踏入混浊的雨水里。

镇里的路窄，车开不进去，我准备把车停到小镇最外围的空地上。

正值晚餐后的时间，镇里刚亮起灯来。

都不用摇下车窗，就能听到外面孩子们叽叽喳喳的追逐笑闹声。

没等我下车，车前就围来一群孩子，看起来都是七八岁的样子，彼此推来推去，簇拥在一块，好奇地盯着我的车。

烦躁。

我面无表情地透过深色车窗看着这些顽皮鬼，没有近乡情怯，只有一股恨铁不成钢的怒火。

为什么这么多年过去了，这里还是像我离开时那样，孩子们有着什么都不懂的善良眼神，道路窄得可怜，没有一栋高一点的建筑，大多数屋子的墙壁上，都还画着已经有些褪色的卡通画，我甚至觉得这些画和我小时候看到过的图案都一模一样。建筑物的外墙上糊着一层白漆，漆裂开缝来，缝隙下是一条条雨水冲刷过后留下的黑色印记。

什么都没变。

除了“童梓”入口处的黄土变为水泥，小镇里的其他东西好像都被封存在了时光里，永远带着一点点笨拙的古朴气质，和都市化格格不入，似乎互相排斥。

解开安全带，下车，关门，力气有些大，撞起车门上附着的干燥尘土。

我冷着脸绕过孩子们，往前走。

身后孩子的笑闹声越来越大，能猜到他们正绕着那辆运动型多功能车（SUV）看来看去。我皱着眉又折返回去，刻意压低嗓子吓唬他们：“离我的车远点儿。”

说完，我头也不回朝着家的方向走去。

身后安静了一会儿，就又听见有一个中气十足的男孩扯着嗓子喊：“坏脾气叔叔再见！”

我没有回头，心想，真够嬉皮笑脸的，听声音，肯定是个惹人烦的胖墩儿小子。

镇里的路灯不是很多，甚至连每个路灯之间的间距都略显随意。昏黄的灯光下，我的影子忽长忽短，皮鞋头上的褶皱缝里已经被乡间的浮尘填满。

我掏出纸巾，弯腰擦掉皮鞋头上的浮土，然后嫌弃地把脏了的纸巾扔到两栋平房间狭窄的缝隙中。别说什么不文明，我小时候就爱往那儿扔垃圾，此刻纯粹是入乡随俗、回归本真。

没走两步，鞋又脏了，真叫人恼火。

路过每户人家的窗口，那种乡下独有的饭菜气息就钻进鼻子里。我屏住呼吸，快步走过，总觉得沾染上这种味道，就会被拉扯进黄土里。

每个院门上都贴着已经有些褪色的对联，大多写着类似“四喜临门”“岁岁平安”的词句。我对这些人家十分陌生，不知道这里面住着的人有几个是我见过的，又有哪几户人家的饭，我曾吃到过。

就快走完全镇最宽的一条路，我看到前面十字路口处的路灯下，站着一个戴着工帽的男人，那是我的父亲。

像这些年间每次我回家的时候一样，他沉默地站在那盏路灯下，等着我走过去。

“爸。”

父亲拍拍我的肩，背着手转身，我沉默地和他并肩。

第二章
爸爸的火车

院子里的白事宴已经结束了。

我走到姑姑那张黑白照片前，叫了声“姑姑”。声音有些酸涩。

姑姑坐在院子里堆成山的玉米堆旁，掰着玉米粒。

我在屋里，趴在窗户上望着她。

她会把掰下的玉米粒摆成一个笑脸的形状，我跳下床，跑到姑姑身边，在地上她“画”的大大的笑脸旁，再“画”一个小笑脸。

她会笑着蹭蹭我的鼻子，她的指腹有种粗糙的磨砂感，摸起来和家里砖砌的窗沿一样温柔。

然后她会说：“尧儿哥，快七点啦。”

我便欢天喜地地跑出院去，去找爸爸。

一路上的不真实感，在姑姑的照片前被戳破。

我想，我永远都没办法再听到姑姑那带着天然活力的一声“尧儿哥”。

人们接连散去，零零落落，看着混乱不堪，无法入眼。

镇上的阿姨们帮着一起收拾碗筷，她们脸上不见悲伤，反而还有说有笑。桌子上，白瓷碗里的汤还浮着一层油花。

瞬间感到一丝反胃，我冲进洗手间里，“砰”的一声关上了门。

我双手撑在洗脸台上，脑子里一片混沌。

门外“窸窸窣窣”的，隔了许久，我听到父亲说：“你姑……已经坐上幸福火车，去那边过好日子了。”

险些吐出来。

我确信他嘴里的“那边”，不是天堂，而是“童话世界”。

我 10 岁那年母亲去世的时候，他就这样说；现在我 34 岁，姑姑走了，他还这样说！

难道他不知道我已经长大了吗？不知道我早就不相信他编造的童话世界了吗？！

他永远活在自己幻想的那个童话世界里，相信那里承载着一切美好，相信金钱名利并不能给人带来快乐，相信沉默着、数十年如一日地坚守着无聊的岗位，不论刮风下雨都按时按点去开那辆破火车的话，就能把我也带进童话世界里！

简直是疯了！

我内心在喊叫着埋怨，却并没有真的说出口。

因为我和父亲已无法沟通，可以预想见，当我愤怒地把自己的控诉说出口，父亲就会用惯用的沉默回击我。

我的父亲是一位火车司机。

他说他有一辆属于他的，只有幸福的人才看得见的火车。

除了他，我们谁都没见过。

我的父亲是个疯子。

在我开始不相信童话的时候，我就这样认为了。

这些年，我和父亲的通话少得可怜，往往是姑姑给我打来，说些一成不变的、关心的话。每一次等到快挂电话时，姑姑就会问父亲，要不要和尧儿哥说几句？多半，我是听不到父亲的声音的。

父亲不接电话，我反而会松一口气。因为面对他时，我总是无法克制脾气，我想我不是一个好儿子，因为我近乎残忍地想让父亲明白，他心中的乌托邦只是幻想，他嘴里说的童话世界，只是他压抑生活中的自我慰藉，那辆他常年挂在嘴边，只有幸福的人才看得见的火车，根本就是瞎扯！

父亲在洗手间外等了许久，没听到我的回话便走了。

门外脚步声渐远，我用冷水洗了把脸后才走了出去。

院子里的阿姨们看到我出来，都放下手中的活，抬头跟我打招呼。

“程尧回来啦？好多年没见啦，记得我不？你王姨。那年你去读大学的时候还挺壮的，现在怎么瘦成这样了？”

“听你姑姑说，你现在是大作家了？你写的书叫什么来着？你姑以前老跟我们夸你呢。”

“结婚了没呀？”

“多长时间没回来啦，在咱们这儿住几天？”

…………

我摆出一张臭脸，一句都没有回复她们无聊的八卦，然后在她们惊愕的目光中，径直出了院子。

如此已经是我收敛过的样子了，我本想反问她们，我的生活关她们什么事？想到姑姑若是还在，肯定会劝我好好回话，终究还是忍住了。

姑姑……姑姑待人总是温和，所以她这么早就死了。

出了门，漫无目的地走了会儿，只为寻清静，却总能在路上碰到自称认识我的人。他们热络地打招呼，诚意满满地喊我去他们家里做客。

我冷漠地点头，连话都懒得回，目不斜视地和我不认识的人擦肩走过。我并无兴趣回之微笑，或许人类的善意并不遵循能量守恒定律。像他们这样廉价的善意，能带给我什么价值？

我想，镇上的人一定对我刻薄的态度大为惊奇，甚至还会在晚餐时议论从城里回来的我变得多么无礼。

无所谓，我想，反正我就要离开这里了。

父亲一贯会假笑，他和整个镇上的人都熟得很，虽然他嘴笨不会说话，但谁家出了事他比人家还着急，上蹿下跳地帮忙，恨不得叫全镇人都知道他是个好人。呵呵。

一路胡思乱想着，路过镇上的小学，看到水泥墙上画着的一对在溪水中抓鱼的父子，我才想起，回家到现在，我和父亲还没说超过三句话，甚至还没仔细看看他脸上有什么变化。

无力和讽刺感盘踞心头。

其实，我和父亲曾经不是这样的。我们之间的疏离，就像无人打理的老房子墙角处的一株爬山虎，不知不觉间，用旺盛又隐秘的生命力，将房子包裹住，遮住阳光，逐渐带来让人不适的凉意。

记忆里要走很久的路，现在很快就走完了。

前面高处一点零星的红色灯光忽闪，晚上的秋风裹着凛冽甩到胸膛，我抱紧了双臂取暖，继续往前。

这个我儿时总来的地方，现在黑漆漆一片，除了高杆上红色信号灯发出一点点光，几乎什么都看不见。

打开手机手电筒往前一探，便看到一段铁轨。这条火车轨道已经生出红褐色的锈迹，显然是废弃多年了。

就是在这里，我度过了童年中最快乐的时光。

我的爸爸，是个开火车的英雄。

镇上的孩子们都羡慕我的爸爸有一列火车。有时候我会带他们一起等在我和爸爸的秘密基地，给他们看爸爸的火车。

“快七点啦。”只要姑姑一提醒，不管当时在干什么，我都会冲出去，跑到高坝下面，站在固定的位置，等待爸爸的火车。

等火车从远方拐角处出现时我就开始招手。那列巨大的、长得过一条河的火车，会带着轰隆轰隆的声音渐渐向我靠近。我拼尽全力，扯着嗓子朝它喊：“爸爸你好！”喊到旁边树上的鸟都要被我吓醒。

然后，爸爸会按响火车的喇叭，用只有我才能听懂的语言告诉我：“儿子，你好。”一阵长长的汽笛声，就是爸爸对我的回应。

这是我们之间的暗号，只有我们知道。

汽笛声渐渐随着火车远去，我也飞快地跑回家。

等待爸爸回家的时间会被不知名的神仙拉长，平时玩一会儿就过完的一个小时，现在却怎么都过不完。我不停地看墙上的表，不停地问姑姑：“爸爸还有多长时间才能到家？”

关掉手电筒，坐在一边铁轨上，不禁回想起这些尘封在记忆深处的事。

那声爸爸为我鸣响的汽笛，常常回荡在我童年的每个梦里。“呜……呜……”紧接着又会有“哐当、哐当”的清脆铃声响起，悠长厚重，又不失俏皮。

我摇了摇头，甩掉了这些回忆。

现在我和父亲间的尴尬，让儿时的美好也显得狼狈。

背后的风刮得更猛了，推攘着我的背，似乎要把我推离这里。

我刚一起身，一股强劲的风突然涌来，像是要把我裹进去，无数落叶卷在风里狠狠地砸在我的脸上，惊慌失措之际，一声长长的汽笛声朝我呼啸而来！

“呜……呜……”一转头，就看到铁轨尽头，一束车灯直直地照向了我！我大惊失色地从铁轨上跳起，直到跑下高坝才缓过神来。

惊魂未定的我回头望向铁轨的方向，那里空荡荡的，哪里有火车，分明只有黑色的风声。但那声音和光束太过真切，一时间我分不清那是真实存在的，还是我的幻觉。

呆愣着望着铁轨站了许久，再无动静，或许是我幻听了？

风消失了。地上散落着的无数落叶是它来过的证明。我带着犹疑，一步三回头地离开了这里。

第三章
只是你还看不见

走到院子门口，掏了掏口袋，没找到烟。

我靠在石墙上，不想走进去。或许是不想面对父亲，不知该和他说什么，又或许是对刚才的惊魂一刻心有余悸，需要新鲜空气的安抚。

心情烦躁地踢了踢墙皮，已经风化的水泥“窸窸窣窣”地掉下来几块。我终于还是推开院门，走了进去。

院子里已经冷冷清清的了，只有父亲的房间还亮着灯，依旧是黄色的光。

还记得父亲曾说过，童话世界里，黄色的灯光代表着好运。显然现在他也依旧这么相信着。

走进房间，父亲正戴着老花镜在桌上写着什么，见我进来，他就收了笔，合起本子放进抽屉。

你看，我和他之间就是这样生疏的关系，像被迫共处一室的同事，彼此维持着表面的平和，却互相因对方的存在而感到不自在，除了“吃了吗”“吃什么”，就没有什么其他能讲的话。

成年后，我们之间从不坦诚相待，但沉默亦能揭示真相。

按理说，我们爱着的人离开了这个世界，应该彼此安慰鼓励才对。可我却说不出口，我怕他又搬出那个童话世界来对我进行拙劣的洗脑。至于父亲他不主动和我说话的原因，或许是因为我的存在对他来说，已经可有可无。

他有自己的世界，我不想走进去，他也不会走出来。

许多年前，刚算是在城市立足后，尽管和父亲关系并不好，我还是询问了他的意见，想把他接到城市和我一起住。可是他非常干脆地拒绝了我，理由是要开火车。

他总是拒绝参与我的生活。因被父亲拒绝而产生恼怒的同时，我又真的好奇，他开了一辈子火车，从 20 岁开到现在，一直都在开同一列火车。坐在同一个座位几十年，不会觉得腻吗？

我走到桌前，故意慢慢地倒了杯水，屋里静得只能听见水声。我想让他叫住我，和我别别扭扭地说几句话。但他依旧不作声。

好吧。我把水杯放在远处：“开车回来太累了，我先睡了。”

他说：“好。”

进房间的时候，我好像听到身后传来一声轻轻的叹息。

关上房门，我才开始认真审视这个小房间。

我的房间几乎和我成年后离开前没有任何变化。说是“几乎”，是因为我也记不得曾经这里是什么样子了。

墙壁上挂着我们一家三口的全家福，旁边是我和姑姑的合照，再旁边是不知几岁的我在树下，抱着一本童话书。

我常常缠着爸爸给我讲故事。于是爸爸每次出差后，都会给我带回不一样的童话书。

夏天，我们一起坐在院子里的树下，有时是爸爸给我念童话故事，有时是我“磕磕巴巴”地念给爸爸听。

每一本童话书，对我来说都很珍贵。每次有新书的时候，我就会和爸爸一起，用透明胶带把书皮封起来，保存好，生怕有一点折痕。

爸爸说，存够足够多的童话书，书里的小精灵就会跑出来和我玩了。不知道多少算足够多呢？希望小精灵来找我玩时，爸爸也在。

不用打开抽屉，就知道里面满满当当放满了童话书。

躺在数十年没有躺过的小床上，辗转反侧。即使困得眼皮开始打架，闭眼后却总是能听到刚才幻听到的汽笛声。

真是怪事，难道在家乡就会总是能幻听到过去常听到的声音吗？

实在无法入眠，我拉开抽屉，抽出一本童话书，摸了摸贴着胶带的封面，随手翻了一页，是《拇指姑娘》。第一眼就看到了幼稚的插画——拇指大小的女孩正睡在一片荷叶上。

我抗拒地合上了书。可脑子里却不受控制地开始幻想拇指姑娘的样子，竟然很快就睡了过去。

忽然有光透过窗帘映进房间。我揉了揉迷蒙的眼睛，这么快就天亮了？

抬头看向墙上的钟表，时针和分针正好重叠着指向数字12，我竟然睡到了中午？

拉开窗帘后，才发现外面并非日光，而是清透淡黄色的月光，此刻的院子里，像是蒙上了一层香草味的薄纱。再抬头望，只见天空还染着深夜专属的蓝色。奇怪的是，空中并无皎月。

月亮呢？光从哪儿来？

正暗想着，突然听到一个稚嫩的声音在叫我。

“喂。”

我仓皇看向身后，房间里并没有其他人，目光扫过时钟时，我看到指针还停留在整十二点的位置。

“喂。”女孩的声音再次响起。

我顺着声音来源低下头看去，只见窗沿上坐着一个拇指大小的姑娘，她戴着一顶海盗帽，还披了一个黄色的斗篷，穿着一双比她的头还大的皮靴子。

她正上下晃荡着双腿，天知道那双超大的靴子是怎么挂在她脚上的。

看着这个拇指姑娘，我并没有感到害怕和惊奇，因为我确定自己此刻正在梦中。

“好久不见，你终于回来啦。”她又说。

我没有管她，面无表情地要关上窗子，暗暗下定决心，就算在梦里，也不和所谓童话故事的主人公对话。

就在窗框要碰到她的那一瞬间，她灵巧地跳下窗沿。

“他们果然没说错，你变成大人了。”她跳到花盆中的叶子上，语气带着惋惜。

看着一个小家伙用成熟的语气说出这样的话，我还是没忍住接了话：“人都会长大的。”

小女孩骄傲地扬起头：“我就不会。”

我干脆拉上窗帘，回到床上，端端正正地躺好，不予理睬她，只想安心睡觉。

我闭着眼，感受到左上方传来光源，应该是她打开了台灯，不知道她那小身躯要怎么才能按开那盏灯？虽然好奇，但我依旧紧闭双眼，想把她从梦中赶出去。

台灯被她开了关，关了开，变化的光线扰得我皱起眉头，又听她问：“你就不想知道月亮去哪儿了吗？”

好奇心驱使我终于睁开眼睛，但房间内已经没有她的影子，她故意留个问题后离开了。

“月亮去哪儿了？”我喃喃道。

窗外的灯光渐渐隐去，房间内重归黑暗，困倦瞬间包裹住我，我坠入深眠。

昨晚睡得实在不安稳，醒来只觉浑身疲惫，依稀还记得梦中见到一个披着披风的小姑娘，似乎还做了些其他梦，但我脑海中只记得一个问题：月亮去哪儿了？

我对着床头的台灯发了会儿呆，想要回想起昨晚奇怪的梦，却怎么都想不完整。再一看，台灯旁的童话书竟然是翻开的，还恰巧停留在《拇指姑娘》这一页。不做他想，我重重地把书合上，塞进抽屉里。

拇指姑娘？只存在于纸面和无聊的梦境中罢了。

走出房间，看到挂在衣架上的父亲最为珍贵的制服和工帽已经不见，想必父亲是去上班了。不对，他已经退休了，上什么班？

退休了也不消停，还想着那身制服。

一个人怎么会如此着迷于自己无聊的工作。

趁父亲不在，我终于敢仔细看看姑姑的照片。

照片上的姑姑已显病态但笑得灿烂，我却觉得这笑容格外刺目。

我一直费解她身上的乐观因子是从何而来。对于乐观这种情绪我并不向往，因为强者往往不需要这种情绪。弱者才需要。

姑姑已经病了许久。几年前就在城市的医院里辗转了数次，最终她不愿再治，说唯一的心愿就是回家，所以我和父亲早已做好了随时和她道别的准备。

也许我们只是世界上无数对别扭父子中的一对，也许所有儿子都不会在父亲面前大大方方地展露情绪，也许还有很多人像我一样，觉得在父亲面前怀念另一个亲人是羞耻的，生死一事仿佛是亲人之间约定俗成的谈话禁忌。我觉得将深层情绪外露给亲近的人，是一件令人尴尬的事，宁愿跟陌生人诉说一切，也不想在父亲面前透露分毫。

我拿袖口擦了擦姑姑的照片，唏嘘与难过交杂的心情叫我喉咙发涩。

好人一向没什么好报。

我收拾表情，踏出房门。

一个穿着短款皮衣的女人正坐在大门外的水泥台上嗑着瓜子，还戴着黑色大墨镜和花色繁杂的头巾，这种潮流的乡村风格叫我直皱眉。

“小程起来啦？”她把墨镜摘到嘴唇上方跟我打招呼。她竟然是昨晚问我是否结婚了的那个朴素阿姨！她姓什么来着？王？

王姨倒是挺热情，丝毫没有芥蒂昨晚我对她的刻薄。

“我爸……”

“你爸肯定又去扫那个铁轨啦，他这人一向闲不下来！”

霎时间，一股无名火直冲头顶，扫铁轨？为什么要去扫铁轨？那条破铁轨，有什么好扫的！他这任劳任怨的老好人人设究竟要立到什么时候去！

怀着完全不同的心情，我再一次走向儿时的秘密基地。

急匆匆来到铁轨边，果然看到父亲正弯着腰，握着用干木枝捆成一大束的扫把，在铁轨上清扫着。

我朝着父亲的方向，喊了声：“爸！”

等他直起腰来，我才跑到他身旁。

“这铁轨有什么好扫的？”我尽量让自己的语气听起来平和。

“吃早点了没？”他没有回答我的问题。

“到底有什么好扫的？你已经退休了，就算没退休，这儿也不归你管！”

父亲顿住，用复杂的眼神看了看我，然后再度弯下腰去。“要扫的，该我扫。”他继续执拗地挥动起扫把。

我一把抢过扫把，扔在一边：“你退休了！”

父亲又沉默了片刻，才说：“没有，我还有幸福火车要开。”

我面红耳赤地喊出了声：“这个世界上根本就没有什么幸福火车！”

父亲站直身子，他一字一句地说：“有的，只是你还看不见。”

第四章

你不能走

我摔上了车门，发动车子，满心愤愤要离开这里。管他是要开火车，还是要继续发疯，反正我留在这儿他也不会高兴。

其实，我不仅仅是生父亲的气，还在生自己的气。

我渴望用自己非凡的成功向父亲证明，好的人生不该像他一样，活在幻想里一成不变。我想让他知道，成年人的生活里没有童话，只有现实。我想赢过他，想用自己的成功告诉他，与他截然不同的活法才能过得更好。可是如今我拥有的，除了一堆存在电脑里的废话外，就只有满腔的郁闷。我甚至无法向自己证明我是对的。

我害怕父亲问起我的作品，害怕镇上的人再称我为作家。

我叹了口气，正要发动车子，车子旁又围上一群孩子，还是之前那群。我连续按了几下喇叭，孩子们也不怕，只是绕远了些盯着我，像第一天来时一样。

车子驶上来时的那条路，后视镜里的孩子们还是没有散去。

我渐渐觉得不对劲，车身明显向左倾斜，停下车子一看，左边前后车胎都被扎破了。

谁干的！难道是那群孩子？！

回头一看，只见一个胖乎乎的男孩远远地朝我招了招手，他笑着喊：“暴脾气叔叔，你车坏啦！”

我用力踢了一脚已经要瘪了的车胎，撸起袖子直接向那孩子走去。

孩子们看我往回走，仿佛计谋得逞，尖叫笑闹着跑开，唯独那个胖小子站在原地，笑着说：“暴脾气叔叔，你回来啦。”

我板着脸，站在原地朝他招手：“过来！”

胖小子竟然没有躲，真的朝我走过来：“你不走啦？”

有点意思，看来是就等着我找他呢。

胖小子说他叫可乐，姜可乐。

没等我问，他就大大方方承认了自己的罪行，表示是他带头扎破了我的车胎。

我端起讨厌的大人该有的样子，对这个讨厌的小孩冷声呵斥：“我没问你叫什么，我问你谁扎的我车胎？”

胖小子摇摇头：“我不能说。”

我拽住他肉乎乎的胳膊，板下脸来：“你家长呢？”

身后不知是谁替可乐答了：“可乐妈妈估计正在家呢！”

我拎着姜可乐的领子，一把把他拽到他家院门口，语气极不耐烦，估计脸色也十分铁青。“有人吗？你们儿子把我车胎扎坏了！”

并没有人回应。

我直接推开大门，站在门口继续喊：“胖小子把我车胎扎破了！家长出来负责。”

依旧没人回应。

倒是隔壁的邻居从矮墙上探出头来，好奇地看着我们，表示可乐妈妈有事出去了，如果需要赔偿她可以先垫付。

我冷冷地回了句：“不用。”

姜可乐本还笑嘻嘻的，这会儿估计被我吓着了，不敢再笑。他安分地被我拽着，语气听起来颇有点委屈，他说：“叔叔，我妈上童安买东西去了，我爸一直在外地工作呢，过年才回来。”

一瞬间我莫名地想到，这胖小子会不会像我小时候一样，日日盼着爸爸回家？当目光再次与这孩子童真的眼神对上时，我顿感无力，摆摆手：“这回就算了，以后这样的坏事不能干，不然我打你！”

小胖子一听，立刻恢复了嬉皮笑脸的神态，做了个“敬礼”的手势，把圆滚滚的肚皮挺直，说道：“遵命！”

我揉着眉心往车那边走去。

刚刚那群孩子跟蝗虫一样继续跟在我身后。走了几步，还能感受到身后的“叽叽喳喳”。

待在童桦镇里真是没一件好事！我转过头，烦躁地喊：“赶紧都给我回家去！这里没有热闹可以看！”

胆小的孩子们听话地散开，胖小子却依旧停在原地。

我可没有好脸色给这胖崽子。不知现在叫保险公司的话，多久才能修好车上路，我实在不想再留在这里。

阳光下，那个小胖影子还一直磨蹭在我的脚边。

他一直跟着我做什么？真是莫名其妙。

我低下头，问他：“什么意思？还想跟着我找骂？”

只见他抬起头扬起笑容，小眼睛弯成月牙状，笃定地说：“叔叔，你不能走。”

“为什么？”我脱口而出。

小胖子竟然毫不见外地直接牵住我的手：“我带你去看。”

刚跟保险公司联系后，对方表示派人最早也得明天才能到。既然闲着也是闲着，那干脆去看看这小孩能变出什么花样来。

小胖子带我走到镇上的池塘边，指着水面说：“就是池子里的姐姐说你不能走的。”

秋日里，略显萧瑟的淡绿色水面渐渐和儿时记忆中的池塘重合。

夏天，微风吹过，水面像起了花的玻璃。孩子们会把裤腿挽到大腿根儿，然后一起踏进池塘里。水面永远刚刚好地到大腿根部，永远可以刚刚好地把裤子弄湿，回家后总是被父母刚刚好地发现书包下面挡着的湿裤子，刚刚好地挨一顿骂，第二天又会刚刚好地，“无意”掉进池塘里。

无数个夏日，我都拿着爸爸做的小渔网，弯着腰，盯着水面，捞蝌蚪。池塘底有泥，也有青苔，滑溜溜的。如果有孩子不小心滑倒，其他孩子们都会一起大笑，会用饮料瓶子装满水，往已经浑身湿透的孩子身上泼，连瓶子里好不容易抓来的蝌蚪、小鱼也不顾了。

“叔叔？”小胖子的声音打断了我的回忆。我这才察觉出自己的嘴角已经带着一丝笑意。迅速恢复面无表情后，我才问：“池子里的姐姐？”

“嗯，这里住着一个姐姐呢。”

看小胖子一脸认真，我没忍住露出一个嘲讽的笑。

小胖子看我不相信，急着要证明自己。他捡起一个石子朝水里扔去，边扔边说：“她最怕被扔石子了，着急的话就会出来的。”

然而，除了石子激起一点水花，再无动静。

小胖子更加着急了：“真的！池子里真的有个姐姐，她说让我想办法留住你，就会给我奖励。”

我看看手表，拒绝再和满脑子幻想的孩子待在一起：“以后调皮捣蛋可以，别撒谎。”

不再管身后那个继续朝池塘喊着“姐姐”想证明自己的胖小子，我走回车上，勉强把车开出车道。

看来今天是走不成了。

想到今晚还得住在这里，我微微叹了口气。

第五章
草莓味的枪

我坐在车里迟迟没有动，突然有人敲了敲车窗，猜到又是那个胖小子，我按下车窗，语气不善："找你的朋友玩去，别再来烦我。"

"明天有写作课。"随着一缕淡淡的玫瑰花香，一声微哑又带着磁性的女性声音传进我的耳朵。

侧头一看，是个穿着收腰黑色长裙，涂着深红色口红的年轻女人。她海藻般褐色的头发随意地散落在肩头，心口处还别了一朵精巧的暗红色玫瑰胸针。这身精致打扮在童桦镇可不多见。

我满面疑惑地问："你好！你是？"

她却没有回答我的问题，只是又重复了一遍："明天有写作课，"她停顿了一下，"所以，你不能走。"

我因她的莫名其妙和不礼貌而感到不适，可不等我再问清楚，她就踩着高跟鞋，率先转身离开了。她优雅地扭着胯，裙摆荡漾的幅度似乎都在说着"少跟我说废话"。

什么写作课？认错人了吧。

我皱着眉望着她的背影，心想她真是个怪人。

不一会儿，就见小胖子不知从哪儿跑来出来，追在她的身后，两人似乎说了什么。等二人分别时，小胖子的手中就多了一枝花，远远地我看不太清，似乎是红色的……玫瑰？

今日一连遇到两个“神经病”告诉我说“你不能走”，不由得让我开始怀疑在我离开童桦镇的这几年，这里的民风已经发生了质的改变。我不能走？谁规定的？

此刻更想赶紧离开这里了。

奈何现在“陷”在这里，百无聊赖，无处可去，更不想回家。索性就放平座椅，在车里躺着，透过车顶窗看天。

北方的天很高，正值晌午，阳光浓烈刺眼，隔着贴了暗色保护膜的车窗去看，那片湛蓝好像远在太空之外，有种让人眩晕的祥和。

难得平静。

想想，已经很久没有放空了。

一个写不出故事的作家，还算是作家吗？

将近两年，都没有再出过好的作品，我也因此越发跟自己较劲儿，每天、每分、每秒都想写出能证明自己的故事，或者说，能赚钱的故事。我被生活困住了。在一潭死水的日子里，我，作为一个作家，每一秒都试图从贫瘠的生活中寻找到一点火花，点燃我早已杂草丛生的思想荒原。

据说，驴子在拉磨的时候，眼睛会被蒙上块黑布，头上还会悬着根用作引诱的大胡萝卜。如今，我觉得自己就像头驴子，而引诱着我的又是什么呢？

天上的云很散，几乎没有成形，缓缓，缓缓地移动着。秋老虎照得车里暖烘烘的。

过于静了。

像所有脑中一团乱麻的中年人一样，我需要有声音才能入睡，于是我打开了车载收音机。

“现在是北京时间十二点整，接下来我们将为大家播送的是，《秋日暖》……”

我满足地闭上了眼睛。

…………

“嘭！”

我被一声巨响惊醒。茫然地坐起身来，环顾四周，却什么都没有。

“嗨。”

我猛地侧头，只见那个昨夜刚梦到过的，穿着黄色斗篷的拇指姑娘正坐在副驾座椅上。

我揉了揉眼睛，再度看过去，她还在那里，似乎快要掉进椅背和座椅衔接的缝隙里。

“又见面了。”她说。

怎么又梦到这个拇指姑娘？

“这是梦吧？”我问她。

她点了点头，却又摇了摇头，然后说：“手伸出来。”

我摊开掌心。

“伸到我这边来。”她命令道。

我把手递了过去，她跳到我的手掌中，我感到微微有些痒，又皱起眉来，问道：“为什么又来找我？”

我把手移到方向盘前，她又跳到方向盘上坐了下来，这时我才发现，她手中握着一把枪。

只见她拇指一弯，枪就绕着拇指转了一圈。“我的枪怎么样？”她得意地问，“要不要看看？”

她一甩手，就把枪妥妥地扔进我手心里。我捏起小手枪仔细查看，做得十分逼真，就像电影里看过的，加勒比海盗会拿的那种火炮枪。

我不由得感叹：“挺逼真的。”

她哼笑一声：“别把它当玩具，这是真枪。”接着又补充道，“而且是草莓味的枪。”

草莓味的枪？枪还有味道？

我尝试着想要打一枪，可手指根本无法塞进扳机里。她朝我招招手，我便把枪递还给她。

“看着。”她在方向盘上站了起来，把枪口对准了我，我毫不害怕，反正是在梦里。

“嘭！”她在开枪之际，微微转换了枪口方向。

隐隐约约地，一股浓郁的草莓香气从她身上弥漫开来。我朝她开枪的方向看去，什么都没有。

再回头，就见她期待地看着我，似乎在等我惊异的夸赞。

“这枪……没有子弹吗？”

她板下脸来：“非要有子弹才行？草莓香气还不够吗？”

我觉得好笑：“没有子弹的枪还叫枪？”

她背过身去：“哎，没有童心。”

她明显因为我的话而不开心了，我可无心安慰一个莫名其妙的梦中小不点儿。我挪了挪屁股，重新躺在椅背上，下了逐客令：“我要睡了。”

她直接从方向盘滑到了车门上，又顺着安全带滑到我的肩膀上，然后问：“月亮去哪儿了，你想到了吗？”

这梦还有续集？看来是我太想知道这个问题的答案，才又梦到了她吧。我转过头，用好奇的眼神看着她：“月亮去哪儿了？”

她露出得逞的微笑，故意卖关子：“嗯……月亮……等你想起我来再告诉你。今天就让你先知道，云朵是哪儿来的。”

什么乱七八糟的？云是哪儿来的？

我告诉她：“云是大气中的水蒸气遇冷液化成的小水滴或凝华成的小冰晶，所混合组成的飘浮在空中的可见聚合物。”

她捂着肚子笑出声来：“哈哈，你太笨了，快来，我带你看看云是怎么挂上去的。”说着，她就指向了窗外，“你看那片云的下面。”

我顺着她的手指看过去，什么都没有，我问：“看什么？”

她说：“你看不到吗？你连这个都看不到了吗？”

我又看了看，确认她指的地方空空如也，只当她是在开玩笑。“你该不会说只有聪明的人才看得见吧，皇帝的新云朵？”

她耸了耸肩：“没办法了，现在你还看不到，等你看得到的时候，我再来找你吧。记得，我只有十二点的时候可以来。”

“《秋日暖食汇》，昨天有听众朋友们给我们来信说，想要知道……”

我迷迷糊糊地睁开眼，就听到收音机的声音。

怎么还在播这一段？车上的时间显示“12：01”。

什么情况，我刚才睡着了，还只睡了一分钟？那怎么感觉自己做了一个挺长的梦？

一时分不清自己是在现实中还是在梦境中，我用力嗅了嗅，隐隐觉得空气中真的有一丝草莓香气，是我的错觉吗？

我疑神疑鬼地在车内翻找，搜寻了半天也没看到梦中的拇指姑娘。不过梦里，她说云是挂上去的？

我走下车，站在空地上，仰头看天。

云是挂上去的？被谁？仙女吗？我嗤笑一声，为自己刚才的举动感到好笑，可真是越活越回去了，竟然真会觉得车里有个拇指姑娘。又不是孩子了，怎么次次都梦到童话人物。再这样梦下去，我怕是要成为一个童话作家，专门哄骗无知的小孩。

内心嘲讽了自己一番后，我就把刚才的梦抛之脑后，本想继续在车里躺着寻清净，但想到父亲这时应该会在家里等我吃饭，罢了，反正也就待最后一天了，努力跟他和谐共处吧。

我暗暗下定决心，这一回，别和疯子讲道理，安安静静吃完饭，安安静静等着回到我原来的生活吧。

第六章

记忆抽屉

回到家后，父亲已在厨房做好了饭，听见我回来，他像是忘记了那段不算争吵的争吵，神色自然地招呼着我坐下吃饭。

“你车坏了？”

“嗯，车胎没气了。”

“要不……再多住几天？”

“不了，约了人来修。我还有事，明天就走。”

父亲夹了一个丸子，朝着我碗的方向停顿了一瞬，又放在自己碗里。

一张小方桌上，我们俩面对面沉默地吃着饭。

趁父亲不注意时，我偷偷观察着他。他的头发因为黑白掺杂，看起来像是被氧化了的泛着沉闷黑气的银子，那些白发似乎比黑发更具生命力，只需一瞬间就能抢夺原本属于黑发的领地。

父亲已经这样老了吗？

父亲抬眼看向我时，上嘴唇微微抬起，像是有话要说。我飞速低下头去，装作专心吃饭的模样。再没动静，他可能又将话咽了回去。

眼看饭菜就要见底，他终于还是出了声："工作忙吗？"

我放下筷子回应他："还可以，应付得来。"

他点点头，掏了掏衣服口袋，拿出烟盒来，又放进口袋里，自顾自地解释："抽烟不好，你别学我。"

"没事，你抽吧。"

他是不是……还以为我是那个讨厌他抽烟的小男孩？

小时候，我对爸爸唯一的不满就是，他爱抽烟。

自从我在爸爸的烟盒上看到"吸烟有害健康"这几个大字后，就严令要求他不能抽烟，还用蜡笔在纸上写了"不能抽烟"的标语，贴在房门上，提醒爸爸进家后就不能再抽烟。

后来，爸爸真的再也不敢在家里抽烟了，只不过偶尔会被我抓到他躲在院门外，靠在墙上抽。

只要他随便找个借口出门去，迟迟不回来，那一准儿就是在外面偷偷抽烟呢！我常常会顺着架在院子里的梯子，爬到房顶上去，然后将身子隐在满是尘土的房顶上，只露出一个脑袋，对着下面抽烟的爸爸大喊"抓到了"。

然后，父亲就会抬起头，看向我每次藏身的地方，笑着把烟头在墙上按灭。

"又该给我讲故事了啊！"

我和爸爸约定好，只要他被我抓到抽烟，就给我讲一个故事。

“行了，下来吧。”

等我从全是尘土的房顶上下来，裤子上、衣服上便满是尘土，妈妈就会生气。等妈妈要骂我时，爸爸就会把我举起来，让我坐在他的肩膀上，“抽烟犯”便带着“脏衣犯”一起逃跑。

我回过神儿来，不再回忆儿时的事。

即使我说了让他抽，父亲也没有把烟点着，而是又放进口袋里。

我要不要告诉他，我其实早就变成了一杆“大烟枪”了？

父亲突然出声：“你来的时候，看到镇上的小学了吧。”

“看到了，看着比我小的时候大多了。”

“是扩建了。校长听说你回来了，想让你去给孩子们上一节写作课。”但他很快又补充，“你忙的话，就不用去了，我跟他们说说，帮你推了。”

写作课？那个今天遇到的玫瑰狂热爱好者，也说过有写作课。

“明天？”

父亲点点头：“你已经听说啦？学校问过你了吗？”

“我明天就必须得回去了，几个编辑还等着见我呢，来不及去讲课。”我撒谎了。现在哪还有编辑要见我。

我可不想和那些吵闹的孩子交流，更不想站在讲台上，对着那一双双天真的眼睛。如今的我，没资格也没勇气站在那里教他们写作。

“好，你忙你的，写作课的事你不用管了，工作的时候注意身体，别老熬夜。”父亲起身，开始收拾碗筷。

我实在不好意思直接转身进卧室，也跟着收拾起来。

“爸，你见过镇上有个年轻的穿黑裙子的女人吗？”

“童老师，她是镇里小学的美术老师。”父亲一下就猜出我问的是谁。

原来如此，原来是老师啊，那上午她应该是替学校来询问我能不能去帮忙代课的。可她那哪算询问？分明就是无厘头的通知。

好吧，反正跟我也没关系，我便不再继续接话，默默把桌子擦好，转身就回了房间。

我听到开门声，父亲应该是出去了。透过窗子，我看到他拿着烟盒，走向大门口。

是去抽烟了吧，都说了我不介意他抽烟的，何必去外面。

叹了口气，掏出手机，看到不同人发来的微信消息，一条一条地蹦出来。

“程老师，稿子修改得怎么样了？最近武侠比较吃香，要不您看看在故事里再融入一点武侠元素？”

“您好，感谢来稿，我们团队评估后觉得您的故事很好，但写底层人物的故事，还是缺少一些匠气，期待您的再度来稿。”

“您好，有兴趣写一个关于都市猎艳的故事吗？大纲和人物小传我们已经确定好了，需要寻找一位合适的作家来帮助我们完成这个故事。”

…………

一条条消息看得我头疼，但为了赚钱，还是挨个儿回复了下去。是的，我把之前删除了的这些编辑又加回来了，还跟每一个都友好地解释说前几天社交账号被盗了，挺没出息的。

我曾在毛姆的短篇《午餐》中看到过一句话，里面的男主角是个尚未成名的青年作家，他说：“我的收入刚好够维持住我的灵魂和躯壳不分家。”

如今我算是这个状态吗？

我的灵魂，还热爱写作吗？

我已经不知道了。

那父亲呢？他一辈子都在做一成不变的工作，维持住他的灵魂了吗？我很想问他，可害怕这样问了，就在他面前露了怯，会让他猜出我的窘境，明白我是个落魄作家，知道他的儿子不过是个徒有虚名的冒牌作家。

这样想着，我坐在对现在的我来说已经很矮的书桌前，拉开抽屉，想要找到纸和笔，尝试写些东西，找找手感。

抽屉里放得满满当当的，都是儿时的那些小玩意儿：火车形状的铅笔盒、用药瓶做成的圆筒车、刻着穿披风小人的石头、一支用易拉罐做成的玫瑰，以及……画着正牵着手的爸爸与儿子的画。

这些都是几岁时候的东西呢？

完全想不起来了，没想到父亲竟然一直都帮我留着。

这个抽屉好像有封存时光的功能，那段我已经想不起来的，或许很快乐的童年时光，永远被关在了这里。

我拿起那张因年岁太久颜色已经淡了许多的蜡笔画，应该是小时候的我画的我和父亲。画上，父亲的腿跟后面的树一样粗，我的胳膊和火柴棍一样细，我和父亲紧紧牵着手。身后，是一列不怎么能看出样子的红色火车。天空中还用稚嫩的笔体写着几个字——“我爱爸爸”。

我盯着这幅画出了神，这是我几岁时的杰作呢？“我爱爸爸”这四个字是我怀着什么样的心情写下的呢？是为了讨好父亲换一个棒棒糖，还是真的因为真挚浓烈的感情，写下这几个字的呢？

翻过画的背面，右下角是成年人的笔体，写着一串日期：1995 年 9 月 24 日。那不就是 26 年前的今天吗？是我 8 岁时画的啊。

26 年，我和父亲亲密无间的关系也如这幅画一样，变淡了。也许时间是一切关系的氧化剂，包括亲情。

不想再看到这些对我来说彻底陌生的东西，我关上了这个抽屉。

后来我在房间里翻了半天，也只找到了铅笔。我端坐好身子，神圣地把纸铺好，虔诚地要落笔，可是我要写什么呢？

好吧，再削一下笔好了。

可是不管我把笔头削得多好看，竟也写不出一个字。举着铅笔僵持了好久，我暗骂一声脏话。

我果然已经不是一个合格的作家。

“咚咚咚”，父亲敲了敲我的卧室门：“程尧，童老师来找你了。”

那个玫瑰花狂魔？她来做什么？

第七章

程爷爷很有趣

透过窗子，我看到童老师背着手站在院子里，依旧穿着那条快要到脚腕的黑色连衣裙，我不由得心中吐槽，穿成这样去教小朋友，不会吓到孩子们吗？

虽然心中对这个奇怪的老师毫无好感，但我还是保持城里人该有的礼貌，表现出友好的态度，问：“您好，找我什么事？”

她转过头看向我，带着似笑非笑的表情：“听说你明天就要走了？”

我再度感到不悦，为什么她说话的语气就像我和她是朋友一样，明明我连她的名字都不知道，难道她不懂得先介绍自己吗？

我语气冷淡地回答：“是的，我已经听我的父亲说了，你们想找我去给孩子们上写作课。不好意思，我还有自己的事情要忙，明天就要离开童桦，抱歉不能帮这个忙。”

她听了后，饶有兴趣地看着我，又问：“你确定？”

我被问到无语，她这是什么语气，好像我不去是我的损失一样。我说："当然。"

"好吧，可是我早就跟同学们约好了，一个非常优秀的作家程尧，会来给他们讲如何写作。如果你不去的话，他们应该会很失望吧。"她漫不经心的语调着实让我不满。

我抬了抬手说："不好意思，你并没有提前通知我，也没有经过我的同意就跟同学们承诺，就算孩子们因此伤心，也应该是你的原因。"

她无所谓地点了点头，然后转身朝我父亲的房间喊："程叔，那我先走了。"

听她的语气，好像她和我父亲的关系很好。

她转过身来，把手背在身后，像个小老太太一样。"既然你不去，那我明天就代替你去给孩子们讲课好了。"

"随便。"

我直接说出了自己的心声，那些学生听谁的课，跟我有什么关系？一来挣不到钱，二来孩子们那么吵闹，我何必给自己找麻烦？

我话说完，她却没有要走的意思。我又看到了她戴着的玫瑰胸针，因为那朵小玫瑰刚才有一瞬间发出了微弱的光。那还是个电动的发光胸针？真是……怪有童趣的。

"还有什么事吗？"

"给你。"她竟然递给了我一枝玫瑰！

我已经不记得她刚才手里有没有拿玫瑰了，总不能是凭空变出来的吧。看我一脸震惊，她直接把玫瑰插在我上衣口袋里："不用谢。"然后潇洒转身，直接走了。

我愣在原地，什么情况？她是魔术师？

我记得上午她也给了那小胖子一朵玫瑰，她这是什么癖好？喜欢送人玫瑰？还是把我当成和那胖小子一样的小孩来哄？

我把玫瑰从口袋里抽出来，无情地扔在院子的角落里，就愿它化作春泥更护花吧！

虽说拒绝了她的邀请，但我还是走到学校那儿去看了看。毕竟，故土总是会让人怀念从前，即使对这里并不是非常喜欢。

然而，学生们充满活力和童真的嬉戏打闹声在学校上空盘绕着，让我只觉得吵闹，根本生不出一点怀念的感觉。倒是学校外墙上的手绘，让我停下脚步，伫立了很久。画上是一列红色火车，车窗上有许多小动物探出头来，甚至还有一株向日葵也是乘客。

我盯着这幅画觉得分外熟悉，甚至觉得我小的时候就见过这幅画。但怎么可能呢？一间学校会用同一幅壁画20多年吗？

就在我一直站在校门口看画的时候，一个穿着宽大灰色制服（在他身上显得很小）的门卫朝我走过来，还自作聪明地甩了甩他手上拿着的一大把钥匙。

隔着校门的铁栅栏，我解释道："我不是要进去。"

门卫却热情地招招手："是程老师吧？童老师说了，让我看到你就开门。”他说着，就把大门上的锁打开了。

这是什么意思？“‘童老师’？你认识我？”

门卫乐呵呵一笑，他鼓起的肚皮随之颤抖，那根紧绷在肚皮上的皮带岌岌可危，似乎只要再多笑一秒就会崩裂开来。

万幸，他没有再笑了。确保腰带扣不会绷到我脸上后，我长吁了一口气。他可真够不体面的。

他又用肥硕的双手抓住皮带的两端，往上箍了箍才继续说话：“对啊，童老师说会有新老师来学校熟悉一下环境，穿蓝外套灰裤子的年轻人，又姓程，这不就对上了吗？”

我暗骂脏话，这个女人怎么猜到我会来学校的，此刻我有种自己走进圈套的感觉。

我皱着眉跟门卫摆摆手：“我不进去。”说着就转身要走。门卫却跟了上来。

“你以前也是这儿的学生吧？童老师都说了，你不进来，以后学校缺老师了是要怪我的。”

胖门卫直接拦住我就要往学校里送。说“拦”不如说“绑架”，没错，他绑架了我，他险些就把我扛在肩上扔进学校里，还好我知趣，自己走了进去。

见我进来，门卫就又把那把大锁挂了上去，接着说：“童老师说了，让你自己转转就行，我就不跟着了。”说完，他又重新挤回到自己的小门厅里。

我无奈地朝学校里面走去。学校虽然比我小时候读书时看起来新一些，大了点，应该是扩建过了，但许多东西还保留着原样。

置身在这里后，关于学校的记忆就像打开了阀门的潮水一样涌进我的脑海里：教学楼宣传板的位置还是没变；常年种着向日葵的那片方形花园，依旧有着几十株向日葵；教学楼后的简易乒乓球台虽然已经换了新的，但上面还留有许多同学们写下的“到此一游”。

也许是我长大了，怎么现在望去，只觉得学校里的房子那么矮，栏杆那么低，连教室的门都比我印象里的小了许多。记忆里的那些事物，像缩水了一般都小了一圈，原来我就是在这样一方小天地中，度过了 6 年的童年时光。可真够寒酸的。

我一路走过，不时有孩子朝我投来好奇的目光，我倒也不觉得尴尬，反而庆幸没有人来烦我。

“程尧叔叔！”一个孩子洪亮地喊出我的名字。

这声音怎么听着有点耳熟?

一个小胖球从远处向我跑了过来。哦，又是这个胖小子，好像是叫姜可乐。

“你怎么今天就来了，不是明天才有课吗？”他因为跑步，肉嘟嘟的脸上染了两团红晕，倒是让他看起来没有那么讨厌了。

“谁说我明天要来上课了？”我反驳他。

他喘了几口气，才平复下来：“童老师啊，她都把你的写作课海报贴到公告栏上啦，现在全校都知道你明天会来讲课呢。”

“公告栏？”

不用小胖子指方向，我自己就三步并作两步，走到公告栏前，果然看到一张版面巨大的海报，几乎占了整个公告栏一半的面积。

海报上是我的照片，那是我出的第一本书的内页里印着的作者介绍图，那时我才 24 岁，刚毕业没多久，一脸那个年纪会有的意气和笃定。通过公告栏外的玻璃，我现在的面容就映在那张照片的旁边，我看到了如今自己脸上的疲惫、愤懑，以及弱者才标榜的怀才不遇。我刻意撇开眼神儿不再去看，而是去读海报上的文字。

奇怪的是，海报上并没写我有什么作品，只说我是程中海（我父亲）的儿子，说我很会写故事，让有兴趣的孩子们可以在明天下午两点到一年级一班听课。这海报的形式真是前所未见，仿佛我最大的标签不是“成功作家”而是“程中海的儿子”。

小胖子看我对着海报一直不作声，好奇道：“叔叔，你还没读完？你该不会不识字吧？童老师跟我说你有点笨。”

我对那个女人说了什么不感兴趣，只是低头问他：“有同学想听我的课吗？”

小胖子提高音量：“当然啦，好多同学都报名了，明天教室可能都坐不下了。”

我内心升腾出一丝得意，我的名气在童桦镇还是很高的。

“你们都知道我？是不是父母跟你们讲过我的名气？”

“不是。我们对一个人有没有名气根本不关心。”他这话说得倒像个小大人似的。

“那你们怎么都想听我的课？”

“因为程爷爷啊。”小胖子飞速接了话，语气就是那种典型的“理所当然”。

这倒是让我十分意外，因为我父亲？

“为什么因为程爷爷你们就想听我的课？”

“因为程爷爷非常有趣，所以叔叔你肯定也很有趣。再说，你还是写过书的大作家，你的课肯定也很有趣！”小胖子连说了三个有趣，他粗重如麻花的眉毛随着语调起伏着，惹人发笑。

话音刚落，上课铃就响了，姜可乐深吸了一口气后，才朝教学楼狂奔过去。走前，又留下来一声洪亮的“程叔叔，明天见”。

姜可乐刚才说我的父亲很有趣？哈，他一贯最会哄骗无知的小孩。

第八章
一枝玫瑰

从学校回来后，我还一直在想小胖子说的话，他说：“程爷爷很有趣。”

这是多么荒谬的一种想法。

他那般沉闷寡言的性子，能称得上是“有趣”？

按照逻辑，对这句不合常理的评价的解释是，我的父亲是这个镇上唯一和那些小孩子一样，还相信童话的大人。或许他还会经常给那些傻孩子讲曾经给我讲过的故事，毕竟我小的时候，也很喜欢我的父亲，也觉得他非常有趣。

可有趣不是白日做梦，不是逃避现实，不是沉浸在美好的幻想世界中自娱自乐。

他不但不有趣，还不愿意为了我走出来，甚至妄图让身边所有的人都住进他的乌托邦。

这样的有趣有什么意义？自欺欺人罢了！

透过餐桌上方的窗子，可以看到父亲正坐在他房间里的桌子前，在黄色的灯光下写着什么。他在写什么呢？他这一天都干了什么？是不是又到那条铁轨上去了？

明天就要离开这里，不知没了姑姑的联系，我和父亲之间，会变成什么样子。我想，我应该隔段时间就要回这里来陪父亲住一两天，一起度过一段尴尬的亲子时光，来维系我们的亲情。不知道他会不会欢迎我，总觉得我留在这里反而会让他拘谨不自在。

想和父亲说些什么，却不知从何说起、说什么。

我的手在自己卧室的门把手上放了一会儿，最终还是收了回来。算了，明天中午走之前，再叮嘱他注意身体之类的吧。

我又坐在了书桌前，但并没有拿笔的欲望，而是机械化地刷起了手机。看到搞笑视频就跟着笑，看到无聊的就划过去，看起来像是确实开心过了，但手机锁屏的那一瞬间，刚才的开心就烟消云散，毫无余韵，似乎度过了将近一小时的空白。

乏味，乏味至极。

说起来，父亲到现在都不用智能手机，依旧拿着笨拙的“小灵通”，除了打电话，再无其他功能。记得几年前，我就给父亲邮回过一部智能机，但没多久就又被他退回我手里。还记得姑姑在电话里无奈地说：“你爸他说自己用不着，让你退了去。”

他永远在拒绝我的示好。我想，这是他对我的消极抵抗。

我悄悄地走出房间，拉上了门，站在父亲就算走到窗边也看不到我的角落，点燃一根烟。

冷风里，匆匆抽完一支烟，丢在了地上，用脚踢了两下土把烟头埋了起来，徒生出一种背着家长做坏事的错觉。我脚下顿住，心中问自己，为什么要这样做？被父亲发现我抽烟不是更好吗？正好让他知道，我已经是个大人了，有何不可？于是我又用脚踢了两下土，把烟暴露在外面。可搞完这些，我只觉得自己幼稚极了，像个青春期叛逆的孩子，妄图用抽烟来引起家长生气，获得更多关注。

一支烟抽得索然无味，正当我耸着肩膀要进门时，视线无意识地划过地面，竟然看到零星的红色小光点。

那是什么？

那个方向……是我下午扔玫瑰的地方吗？

我跑到那边去，却再看不到什么红色光点，只有漆黑一片。

我拾起那枝玫瑰想要观察，在触碰到玫瑰的一瞬间，竟然有股被灼伤的感觉。但那感觉转瞬即逝，似梦非梦。

映着月光看，这枝玫瑰平平无奇，我拽下一朵花瓣揉了揉，有红紫色的汁水被揉出，是正常的玫瑰没错。

因为这个小插曲，我终于还是把这枝童老师送的玫瑰带进了房间。

我几次尝试再去触碰它，都没有第一次拾起时的灼热感。

关了灯，也不见它发出零星的红色光点。

我被一枝玫瑰戏耍了？

我一把把它扔进垃圾桶里，再不愿多分给它一眼。

最近我被镇里的事搞得神经兮兮，不是眼花就是幻听。

但愿今晚不要再做梦了，让我睡个好觉吧。

睡前，我虔诚地想。

“你相信这个世界上真的有童话世界吗？”

“当然相信啦。”

谁？是谁在说话？我被这对话声吵醒。

睁开眼，发现自己正穿着睡衣，躺在一片青葱草地上的斑驳树荫下，一股夏日才有的青草味萦绕在我的身边，我竟然已经身处夏天？手边还放着一枝玫瑰，想来那枝被我扔进垃圾桶里的红玫瑰，又偷跑进了我的梦里。

果然还是做梦了，我叹了口气，看来晚上的祈祷并无作用。

爬起身来一看，原来我刚才正睡在一棵大树的阴凉下。环顾四周后才发现，这株树长在一个小山坡上，是这附近最大的一棵了，而小山坡下，是平平整整的一大片平房。

这里看着很是眼熟，我好像来过？再次看了看山坡下的房子，我心中一惊，这不就是十几年前的童桦镇吗？

看来，这一回，我梦到了小时候。

“爸爸，后来他们怎么样了？”又有声音从我的身后传来。是一个男孩子的声音。

“后来啊，小美人鱼就和王子结婚了，他们幸福快乐地生活在了一起。”接话的是一个年轻男子。

我拍了拍屁股后的细土和草屑，这才绕到树后面去看他们。

一对父子正靠在树干上，父亲盘腿而坐，儿子则坐在父亲的腿上，手里还捧着一本书，两人都低着头，看着手中的书。

我心中感慨，这对父子和曾经的父亲与我一样，都在这棵树下读童话。但我不记得，自己和父亲原来有没有在树下读过小美人鱼的故事，父亲有没有像这个爸爸一样，改写了小美人鱼的命运，让本化为泡沫的她，重新拥有了幸福的生活？

我不想去打扰这对父子，准备走下山坡，去家里看看，要是可以的话，我就直接在我家里的小床上躺好，安安分分地等着这个梦结束。

当我打定主意正要转身时，那个小男孩扬起了脸，问道：“爸爸，小美人鱼会坐你的火车吗？”

男孩边说边仰起头皱着鼻子，我这时才看清这孩子的脸——那是我小时候的样子！

我凑近他们身边去确认，果然，那位年轻男子就是我的父亲。

这张面孔对我来说很是陌生，我无法在自己的记忆中搜寻出父亲这么年轻时的模样，只有长大后在照片中见过这张尚未被时间侵蚀过的脸庞。

这回，我终于确定，我是梦到了自己小的时候。

“程中海先生？”我不甚自然地喊出父亲的名字，总不能上来就叫他“爸”吧？

我尝试性地朝年轻的爸爸以及儿时的自己挥了挥手，但他们并没有反应，是看不见我吗？

我干脆坐到爸爸的身边，拍了一下他的肩膀。我的手竟然直接穿过了他的肩头，我又去碰他们手中捧着的书，指尖也直接穿过了书页。他们无法感知到我的存在，我也没有碰到任何东西的触觉。

我掐了掐自己，没有知觉，又碰了碰树干，手果然又穿过了树干。

总算是明白了，如今我像是一个“透明的观察者”，走进了这个梦中的世界，我可以看到他们，却无法影响他们，就像是在穿过电视机的屏幕，走进了正在播放的电影中一般。

这梦，蛮神奇的。

我恨不得赶紧找到纸和笔，将这个穿入梦境的设定记录下来，用到我的下一部作品中。希望我醒来的时候，还记得这个让我激动的梦。

在我脑子里已经开始构思新故事的时候，程中海和小程尧继续聊着天。

程中海划了下小程尧的鼻子，说："小美人鱼啊，他当然也会坐爸爸的火车啦。"

骗子，我忍不住腹诽。那列所谓的能通往童话世界的幸福火车，他在嘴边挂了一辈子，可又有谁看见过呢。

我想，父亲也算是一类有天赋的人，他们狂热地相信自己相信的一切。

"那她上火车的时候，拿的行李箱是不是贝壳模样？火车上没有水的话，她会不会难受？"小程尧又问。

"不会的，爸爸在火车上放了一个巨大的游泳池，小美人鱼和青蛙王子这些好水的乘客，都可以在那里游泳。"程中海边说边展开双臂，用胳膊比画着游泳池的样子，逗得小程尧笑了起来。

怪不得镇上上小学的孩子们觉得我父亲是个有趣的人。这样一个给孩子造梦的大人，当然会被孩子们当成神一般的人物了。

父亲是不是因为，我这个他曾经唯一的信徒不再听信他的话，才转而去给那些孩子讲童话了呢？是不是只有这样他才能获得认同感，给他无聊的生活增添一丝色彩？或许我的想法有些刻薄和怨气，但不会有人能一直喜欢一个一事无成，却终日沉浸在幻想中的父亲吧。

我就站在程中海和小程尧的身边，用陌生人的眼神审视着这对父子。

看到小时候的自己和年轻时候的父亲相视而笑，我心中又泛出一丝酸涩。

第九章
不想醒来的梦

我一路带着好奇跟着他们走回了家。

家里和现在的样子相比变化并不大，只是有一些小摆件和如今不大一样。妈妈放在窗边的缝纫机，白色底座蓝色扇叶的电风扇，陶瓷釉的大茶缸，沙发上的凉席垫子，床上垒起来的被子上铺着的白色印花布，还有茶几上放着的半个西瓜……这些小细节太过生动，让我产生一种错觉，仿佛我不是在梦中，而是穿越回了 20 多年前。

我敢保证，当我醒着的时候，让我去回忆已经阔别多年的、童年时家的细节，我是什么都想不起来的。

难道这些都是我自己的大脑在睡梦中编造出来的吗？还是说，这些其实是我自以为遗忘，但实际上只是被藏在大脑深处的回忆？

我欣喜地观察着整个房间，家里被母亲整理得井井有条，充斥着家才能带给人的安全感和归属感。

我走到自己的卧室，看到桌上放着的是《小学语文·第二册》，原来这是我小学一年级的时候，当时我大概8岁。

我继续用新奇的目光窥探我8岁时的生活。书桌上方贴着许多蜡笔画。有一张画很有意思，虽然线条歪歪扭扭，但还是能看出，是一个披着黄色披风的小姑娘站在一片荷叶之上。我有些吃惊，这不就是之前我梦到过的拇指姑娘吗？怎么在这个梦里也出现了？梦境联动？

我笑了笑，感慨最近自己梦中的想象力还真是丰富，只不过这种只有孩子才喜欢的想象力，对我的创作并无帮助。

我一张张看过去，并没有找到昨天我在抽屉中看到的那幅，我和爸爸与一列红色火车的“合影”。

我有些失望，说实话，我还蛮想看看那幅画颜色鲜亮时是什么样的。

卧室的窗台上还摆着许多小玩意，铁盒里放满了玻璃弹珠，一叠已经有些磨损的英雄卡，一大堆啤酒瓶盖，以及不知从哪里捡回来的一些奇形怪状的石头。我想，我的目光已经带有留恋，这些零碎的快乐，我已经多少年没有体验过了。我不自觉地伸出手去触碰，却只触到了虚无。

夏天，下午放学之后，我和几个男孩子就一起背着书包跑到小山坡上，齐刷刷地把书包一扔，先在草地上追逐一番，互相拿出最新收藏到的英雄卡片，比谁卡片上的英雄武力值最高，获胜的那个才有机会爬到树上当大王。

闹腾一番后，我们才会气喘吁吁地、一起安分地趴在草地上，垫在充当书桌的书包上写作业。

等太阳渐渐向西移去，晚霞变成橙粉色的时候，就是该回家的时候了。我们便会一起喊着“3，2，1”冲下小山坡，比谁第一个到达终点。

跑下山坡时，书包因为颠簸会在背后起起伏伏，铅笔盒中的文具被撞得叮当作响，我们会因为这样的声音大笑。没有理由，不论是铅笔盒叮当响还是某个朋友脸上的草屑，都让我们觉得快乐。

复杂的心情盘踞在心头，看着这些零碎的小玩具，我希望这个梦久一点，再久一点。

我一直盯着这些“回忆触发装置”发呆，倒是没注意到程中海已经拿着收拾好的行李站在门前，跟小程尧叮嘱：“爸爸不在家的时候，别惹妈妈生气。”

小程尧点点头，举起一个牛皮纸的本子摇了摇，说：“有这个陪我，我就不会太想爸爸了。”

他是要去上班了吧，我走到小程尧身边，看着他手中那个本子，那是什么？我毫无印象。

程中海走了出去，小程尧一路悄悄跟在他屁股后面。等程中海察觉出儿子在跟着自己，就会突然回头，小程尧就又马上藏在路边的墙角不让他看见。

我看到程中海脸上泛着的笑意，和小程尧脸上调皮后得逞的狡黠。他们二人默契地玩着这种“假装没看到你”的幼稚游戏，却都笑得那么开心。

这也是我儿时的日常吗？

小程尧一路跟着爸爸走到小镇入口，程中海才无奈地回头说：“行了，快回家吧。心里数 12 天，爸爸就回来了。”

小程尧这才从一棵树后面跑出来，直直扑到爸爸的身上：“爸爸，你快点回来。”

小程尧的眼睛和鼻子紧紧皱在一起，看起来马上就要哭了。

我蹲在他身边，细细端详他的脸，忍不住笑出声来，我小时候这么没出息的吗？连爸爸出差都要哭？

程中海给小程尧整理了一下衣领，便上了一辆湛蓝色的三轮车。

他背对着开车的叔叔，面朝着小程尧，一直招着手。

“爸爸！再见！”小程尧追出去一段路，边跑边喊着，惊起树旁的一片麻雀。

连爸爸短暂的出差，都能搞出“惊天动地”的动静，小朋友的世界里还真是没什么大事啊。

我和小程尧并排站着，一起望着那辆三轮车渐渐消失在路的尽头。

这辆蓝色三轮车是镇上某个叔叔的，刚买回来的时候，叔叔一家还在镇上放鞭炮了呢。后来镇上谁有事情，只要给五毛钱，叔叔就会把大家送到更大的、有集市和火车站点的童安城里。我最开心的事就是上集市，比收集到最厉害的英雄卡片还要开心，不是因为可以买什么，而是因为可以坐这辆车了。

每每坐在“敞篷车”里，就最期待能开到不平整的地段，每一次颠簸都十分有趣，屁股颠得越疼，我就笑得越大声。

如今的我已经无法理解小时候的快乐。现在朋友没几个，快乐也只跟银行里的数字挂钩，但收到进账后，会如小时候一般开怀大笑吗？不会。这份喜悦也不敢和谁分享，担心说出去了反倒像是炫耀，窘迫时就更不会说了，怕会招来幸灾乐祸。

在我默默对着现实生活抱怨时，小程尧意外地没有直接走回家，而是坐在了镇口的长石墩上。他把一直攥在手中的那个本子翻开来。即使知道他察觉不到我，我还是轻轻地坐到他旁边，弯下身子去看。

小程尧一页一页地翻过去，我看到每一页上，都是整整齐齐的手写字体。虽说是成年人的笔体，但每个字都一笔一画，写得清清楚楚，有些难懂的字上方还标注了拼音。

这是父亲写的吗？

我凑得更近了些，这才看清，那一页页的，都写满了故事。

小程尧还在抽噎着，他将本子停留在最新的一页，深呼吸几下，一个鼻涕泡冒出来，又被他吸了进去。

他用小手抚平被风吹皱的纸张，认认真真地读出声来。

“从前，在童桦镇里，住着一只小棕熊，她的梦想是成为一名芭蕾舞者。”

小程尧一滴泪落下，滴在了“熊”字上，深蓝色的墨水被晕染开来。他把泪抹开，继续念道：“童桦镇里的其他精灵都笑棕熊异想天开，因为世界上没有一件芭蕾舞裙她能穿得下……”

不知为什么，听小程尧缓缓地念着故事时，我的心渐渐平静下来，那些因为生活、工作、名利而产生的繁杂心事，在这一刻都被抛在脑后，唯一的关注就是他读故事的声音。其实我并没有听进去这个故事讲了什么，只是在他平缓的声音中，被他的专注所感染。

我伸出手，摸了摸小时候的自己的脑袋，喃喃：“这是爸爸编的故事吗？”

他当然没有回答我。

小程尧读完一个小故事，默默地起身，低着头往家里走去。我跟在他的身后，跟在小时候的自己的身后，慢慢地，慢慢地，走回家去。

“尧儿哥，又去送爸爸啦？”一个穿着鹅黄色衬衫、淡蓝色裙子的年轻女人站在前方的路口处向我们招手。

她笑着把背在身后的左手拿出来，举着一个冰棒：“快过来，又哭鼻子了？”

她是……妈妈。

小程尧跑了起来，我也跟着跑了起来。

他扑进妈妈的怀里，把头埋在妈妈的肚子上，委屈地说：“爸爸这回给我写了小棕熊的故事。”

我则直挺挺地站在妈妈的对面，怯生生地喊了一声：“妈。”

妈妈蹲了下来，撕掉了冰棒外包装纸，把冰棒递给了小程尧。

小程尧瞬间又笑了起来。

我却和刚才的小程尧一样，没出息地红了眼。

我好像也变成了七八岁的年纪。

我想妈妈。

我想和爸爸在一起。

我想听他们讲故事。

我想无忧无虑，我想肆意奔跑，我想在爸妈面前可以因为任意的小事就哭闹，我想最大的烦恼就是暑假要结束了作业还没写完。

我想哭哭啼啼又笑嘻嘻。

我想停在这个梦里。

在我的眼泪刚出眼眶的那一瞬，妈妈尚在轻拍着小程尧的手停住了，小程尧拿着冰棒的手顿在胸前，地上斑驳的树影不再因风忽闪，水洼旁的麻雀一直保持着低头的姿势，池塘中的白云也不再移动。

所有的事物都静止了。

梦，要醒了吗?

我不舍地看着年轻的母亲，想把她的样子刻在脑海里。

这时，一枝红玫瑰悬浮在空中朝我飘来，我不由得伸出手接住，触碰到枝干的那一瞬，灼热。

玫瑰的花瓣边上亮起了星星点点红色的光，再一瞬，我就置身于黑暗之中，眼前只能看到那些细碎的如红钻石般的光点。

红色光点越来越亮，刺得我闭上了眼睛。

第十章
隐藏白发

再睁开眼，就已经不在梦中了。

怅然若失，或许就是这种感觉吧。

我伸手摸了下眼眶，把沾在眼眶上的一点点潮湿抹去。怪不好意思的，34 岁的我竟然从梦里哭醒了。

看了看窗外，天还未蒙蒙亮，我却再无睡意。

梦中发生了什么我都记得一清二楚，包括父亲手写的棕熊童话故事，被“我”的眼泪晕开的“熊”字，母亲蓝色裙摆上的碎花纹路，以及触碰到一枝飘来的玫瑰后，梦境就戛然而止……

我起身打开灯，坐在书桌前，在纸上写下：“穿越、旁观视角、回忆重演？”我还记得这是我在梦中时就想要抓住的灵感，以便用此写出一个有嚎头的故事。

北方的初秋，屋内已有了让人肩头发凉的寒意，与梦中的夏日气息截然不同。

等把这些记录好之后，我就又钻进了被子里，平躺在床上盯着天花板，努力回忆梦中父母年轻时的面容，他们是那么的真实鲜活。他们年轻时真的是这样吗？十几年前的家中摆设，真的像梦里一样吗？那些是我的大脑编造出来的幻象，还是本就如此？

越想越觉得神奇，还记得入梦时身侧就有一枝玫瑰，结束时也是因为一枝玫瑰，想到这里，我又支起身来，从垃圾桶里捡起那枝童老师的玫瑰，细细端看一番，又闻了闻，依旧没发现什么异样。若非要说有什么新奇的，只能说它保鲜时间很久，花瓣在没有水的情况下，坚挺了这么久都不见有因缺水而卷曲的迹象。

短短两天，我已连续做了数个奇妙的梦。

昨晚神奇的经历真的只是我的异想天开？那些画面到底是不是我记忆深处的真实经历？梦中的小程尧像是七八岁的年纪，可七八岁的事情我几乎一件都想不起来，也从不记得父亲给我手写过一本童话故事。和母亲分别太久，我早就忘了母亲年轻时的样子，可梦中却如此清晰。

我在手机上搜索了“想不起童年记忆”后，点进了一个陌生词条——“童年失忆症”的链接。

网页上显示：8 岁至 9 岁的孩子仅能保留 35% 的记忆。因此，科学家确定，7 岁为儿童记忆丧失期，童年失忆症开始出现。

我是属于童年失忆症的一类，还是想象力丰富的一类？

如果真的是我忘却了这段记忆，难道父亲曾经真的给我写过一本厚厚的童话故事？

我迫不及待地想要去询问强行送我玫瑰的童老师，那真的只是一枝普通的玫瑰吗？这个问题或许过于荒谬，可它忽闪的红色光点一直印在我脑海里，让我不得不在意。

想到的事情越来越多，我也越来越清醒，干脆披上外套，打算到院子里去抽支烟。可刚拉开卧室的门，就意外地发现父亲房间的灯也亮着。

这么早，父亲就起了？

透过那扇小窗，我看到他正微弓着腰走动着。明明梦里年轻时的他腰板挺得倍儿直，如今他走动起来已经不自觉地弯曲了腰。

踌躇了片刻，我还是敲了敲父亲的门。门内“窸窸窣窣”的声音响了一阵后，门才被打开。

父亲头上顶着一个透明浴帽，耳朵和下颌处还有许多黑色的痕迹。他的造型太过滑稽，我不由得乐了。

“爸，这么早，你干吗呢？”

父亲把我让进门里，神色尴尬地回答我：“洗个头。”

洗头？天没亮就洗头？房间内分明有一股染发剂的味道，他耳朵上的黑色也明显是染发时沾上去的。

我拿起架子上的毛巾，本想直接给他擦擦耳边的黑色染剂，却还是把毛巾递在他手里。也许我和父亲都已经不习惯彼此的亲密了吧。

“染头发怎么不叫我帮你？耳朵边被染上了，擦擦。”

父亲因为我亲昵的态度有些局促：“不用，爸自己来就行，你去睡吧，还早呢，还得开一天的车回去，你多休息休息。”

我直接把他按着坐下：“我来吧，染发膏呢？”

父亲似是犹豫了一瞬：“忘了放在哪儿了，刚刚还在手边的。”

我觉得无奈，再怎么说，也不至于用这样的借口来躲避我的亲近吧？

看我在屋里找了一圈都没找到，父亲有些窘迫地说：“就在屋里，我放好之后转头就忘了，爸自己找吧，你先去睡。”

我没管他的阻拦，随手拉开衣柜柜门，就见放着染发膏的铁皮盒子在里面。我无奈地说：“你藏这里干吗？不想让我看见？这有什么好藏的？”

我搬来椅子坐在父亲的背后，不甚熟练地戴上手套。这还是我第一次给父亲染发。

父亲坐得端端正正，双手放在大腿上，拘谨地上下轻轻移动着，再次说：“要不还是爸自己来吧？别给你染衣服上了，洗不掉。”

我没有回答，笨手笨脚地用化学用剂盖住他的白发。

原来父亲已经这样老了吗？

我喉头一紧，担心泄露情绪，随口开个玩笑："为什么不叫我给你染？怕我看见你这么多白头发？"

没想到父亲真的说："怕你看了又多想，我还年轻呢。"

一时不知说什么好。

原来他早起偷摸着染发，是怕被我看到他的白头发吗？他是怕我因为他变老了而难过吗？在他心中，我难道不是一个叛逆的、不在意他的、与他期待的儿子截然不同的孩子吗？

昨夜梦中父亲的形象再度映入我的脑海。至少在母亲去世以前，我们彼此还是互相喜欢着的父子。

"爸。"

"嗯？"

"你还记得妈妈以前爱穿什么衣服吗？"

"记得啊，蓝色的，你妈最爱的就是天蓝色，说觉着干净。"

虽然我只看得到父亲的侧脸，却依然能看到他嘴角带着的笑意。他的爱意却刺痛了我。如果他这么爱妈妈的话，为什么当初为了留在这里继续做火车司机，主动放弃城里的职务，只敢守着这一方小天地做着自己的梦，以至于母亲病重时因四处借钱耽误了时日！

母亲离开后，他又总安抚我说她只是去了童话世界！他到底是在安抚我，还是在给自己的软弱无能找借口！

心中走神，手下就一颤，沾满染发剂的梳子碰到了父亲的耳朵，留下一笔重重的黑色痕迹。

我回过神儿来，边擦边带有怨气地问："爸，你真的相信这个世界上有童话吗？"

父亲身体一顿，说道："你相信的话，就能看得见，只要你能看得见爸爸的幸福火车……"

我心中冷笑，打断了他："那我妈她看见了吗？"

父亲不再说话。我语气生硬地继续说着："这世界上只有你能看得见，你不觉得是假的吗？"

父亲着急起来："程尧，爸……"

我摘下染发的手套，直接转身出了门，踏入迷蒙的晨光里。

我不想再听任何他的谎言和借口，童年的美好是童年的，人不可能一直活在童年。

每一次想和父亲吵架，都像一拳打在棉花上，没劲。

其实，我更希望我们能大吵一架，那样的话，我就可以情绪激动地控诉他，他也可以直接甩我一个巴掌说我不懂事。现在这样彼此尴尬地维系着似有似无的父子关系，只叫人郁闷生怨。

天已经亮了起来，晨雾中，我仿佛又听到小程尧读童话的声音——"从前，在童桦镇里……"

一想起那个梦，我就变成泄了火的炮仗。烦！他以前为什么对我那么好！

我又面无表情地推门走进父亲的房间，恰好见他叹了口气后，准备弯下腰去洗头。

他看我进来，愣了一下。

我想，自己此刻的脸上一定又有愠怒又有悔意，还有发完火后又重新回来的尴尬。我装作若无其事地说："还没染完呢，20 分钟以后再洗。"

父亲宛如一个听话的孩子，缓缓地点了点头。

我刻意用不耐烦的语气掩饰自己的内心的波动："愣着干吗？坐呀。"

之后，我和父亲再一次陷入沉默，他不敢说，我不想问。

那列他口中能通往幸福的列车，只载了他一个人。

第十一章
时光童话本

一大早，我就拿着那枝玫瑰蹲守在小学门口，等着找那位神秘兮兮的童老师问个究竟。为什么非要塞给我一枝玫瑰，这玫瑰到底有没有什么神奇的功效？那个过分真实的梦，是我神经错乱、脑洞大开，还是它真的有一股神奇的“造梦”力量？

然而，我只等到了笑眯眯的门房大爷以及闹哄哄的小学生。

门卫一见我来，就说：“童老师说她不在，你要是想见她，下午的写作课上就能逮着她人啦。”

我再度觉得被冒犯，她为什么如此笃定我会来找她。干脆不管这些，开车回到自己的城市吧，等车一修好就走，我愤愤地想。

“程老师！”

又是姜可乐。

我倍感头疼，这小胖子怎么就缠上我了呢。

我没给他好脸色。他却毫不在意我散发出的冷漠，或许他根本没那个眼力见儿。他指着我手中的玫瑰花问：“你也收到童老师的玫瑰啦？”

只一句话，我就对他转变了态度。他知道童老师的玫瑰！没错，那日是见他也收到了一枝。

“是的，这枝就是她的。”我蹲下身来，与小胖子平视，“她为什么要送我玫瑰？”

“这你都不知道，因为她喜欢你啊，想让你留下来。”

一句话，他就把我的问题噎进了喉咙。

我咳嗽了一下掩饰尴尬，在胖门卫探究的眼神中继续问：“她不是也送给你了吗？你有没有觉得，她送的玫瑰有什么不一样？”

小胖子眼睛滴溜一转，说道：“有啊，童老师的玫瑰特别特别香。”

无语……简直和他无法沟通。我深呼吸后，再次提起耐心，严肃地问：“我是说，你拿到这枝玫瑰后，有没有做什么奇怪的梦！”

小胖子却说：“程老师，你现在表情好可怕啊，像个坏人。”

我站起身来，寻思着不和傻瓜论短长，何况是和一个什么都不懂的笨小孩呢。

“童老师说，你要备课的话，可以去我们的阅读室里找找灵感。”小胖子又追了上来。

“不去。我不讲课。”

“童老师说，阅读室里有你想看的。”

“不看，我没有想看的。”

小胖子却突然顿住脚步，号啕大哭起来，生生把我吓了一跳。

他扯着嗓子喊道：“程老师你不能走！他们都不想让你走，让我把你留下来，你走了我还怎么面对我的朋友们啊！”

我被吵得头疼，越来越多的人朝我们这边看来，几乎所有人都是一副“怎么能惹孩子哭”的表情。

我只得在他震天的哭声中折返回去，面带怒气地喊出了声：“别哭了！”

周围的人都倒吸了一口气，对着我指指点点。

“怎么能这么跟可乐说话。”

“这人是谁啊？跟一个孩子喊什么。”

“可乐，过来。”一个奶奶温和地朝姜可乐招招手。

我深吸一口气，刚要跟路人喊回去，就听见一个人说：“这是程中海的儿子，在城里待了几年，养了一身臭毛病。”

我愣了一下，反应过来，我的行为可能会影响到父亲的风评。

好吧。

我换了个平和的语气，低头跟姜可乐说：“别哭了。”

小胖子一把抱住我的大腿，眨巴着大眼睛，语气惨兮兮地说：“那你答应我你不走。”

我用余光看到周围的人还没散去，我又蹲下身来，僵硬地摸了摸姜可乐的头："你的朋友们是谁？为什么不想让我走。"我轻声问，语气温柔到可以去做少儿频道的主持人。

小胖子瞬间停住哭声，凑到我耳朵边，神秘兮兮地说："我告诉你的话，你能帮我保密吗？"

"能。"我敷衍道。

"就是我上次跟你说的那个池塘里的姐姐啊，还有山坡上的那棵榕树哥哥，还有童老师，还有肥猫，不过肥猫本来也不喜欢我……"

"好了好了，知道了。"我已经不耐烦，我可没时间听一个有幻想症的孩子废话。

"程老师，你就跟我去趟阅读室吧，你不去的话，童老师就再也不给我玫瑰了，你不去，你不去……我就大声哭！"小胖子竟然还敢威胁我。

"那你哭吧。"我冷冷地说。

说是阅读室，实际上就是一个摆满了旧书的储藏间。我站在这个小房间里面露出嫌弃的表情。

没错，我还是低估了一个熊孩子有多能哭，在很多送孩子上学的家长的"友情提示"下，我作为一个懂事的大人，最终还是跟着小胖子进了阅读室，以防小胖子像劝说我的阿姨所说的那样——孩子哭哑了怎么办。

姜可乐去上课了，独留我在这里怀疑人生。

既然来了，干脆就在这里等到童老师，然后问个清楚吧。

我无所事事地在这里翻翻找找，书不多，都是比较古老的儿童系列图书。柜子最靠里的角落，是童话书的区域，说是区域，全下来也不过十几本书。

翻着翻着，一个本子吸引了我的注意——这个本子的外面用透明胶带封了保护层，可以看出胶带下的牛皮纸外壳已经有些皱巴，看来这个本子已经有些年岁了。封面什么也没写，背面只写了一个日期：1994 年 1 月 1 日。

翻开第一页，这是一本纯手写的童话故事集！等等，纯手写的故事！梦中我小的时候，父亲不就给我写过一本厚厚的童话吗？这本是谁写的？

我一页一页地翻过去，越翻越吃惊，这本手写童话竟然有一百多个故事，每一篇的题目都不尽相同。

我快速地浏览起来，翻到第 79 页时，我看到一篇名叫《小棕熊的芭蕾梦》的故事。我心中一颤，指尖宛如连着心脏，随着心脏的跳动，手也微微颤抖着。

“从前，在童桦镇里，住着一只小棕熊，她的梦想是成为一名芭蕾舞者。童桦镇里的其他精灵都笑棕熊异想天开，因为世界上没有一件芭蕾舞裙她能穿得下，但小棕熊并不因为其他人的嘲笑而气馁，她继续努力练习着芭蕾。春天，她在……”

这，这和梦中小程尧读的那篇故事一模一样！

细细一看，开篇“熊”字上，还有被泪水晕开的印记！

这字……是被小时候我的泪晕湿的吗？是巧合还是事实？梦中发生的事竟然是真的？父亲真的曾经给我写过一本童话故事吗？！

厚厚的一本童话书，每一篇末尾都标写了日期。从 1994 年开始，也就是我 7 岁那年，一直持续到 1995 年年末，几乎每个星期都有几篇新的童话故事。这都是父亲写的？为什么我完全没有和这个相关的记忆！

我心跳加速，拿着本子就出了门，边走边继续翻看，犹疑着它的由来。本子上的笔体对我来说十分陌生。此刻我才想起，自己根本不知道父亲的字体是什么样的，严格地说，关于他的事情，我知道得很少。

他的笔记、他的爱好、他的想法、他的世界，对我来说都太过陌生。

原来，我竟这样不了解我的父亲。

是啊，我并不了解他。

或许，是我一直都在抗拒了解他。

一出走廊，迎面就碰到了刚下课的姜可乐和几个其他孩子。

姜可乐一眼就看到我手中的本子，他惊呼道："程老师，你这么快就找到时光童话本啦！童老师说你会找很久呢。"

"时光童话本？"

姜可乐点点头，接着说："阅读室里所有的书的封面都有名字，但这本就没有。我问童老师这本书叫什么，童老师就说它叫时光童话本。”

“这个我知道，这是程爷爷写的，程爷爷可会编故事啦。”又一个孩子补充。

“程爷爷也是大作家！”姜可乐附和道。

果然，这真的是父亲写的。

是他为我写的吗？

心脏像被人攥在手里一样，又酸又胀。

这么多篇故事，一笔一画写得整整齐齐，需要多大的耐心才能坚持完成呢？这应该是父亲每一次出差前，提前写好一个童话代替他来陪伴我。

父亲竟然写过这么多故事，那样木讷的他，却能写出这么多天马行空的童话故事。

我努力回想过往，却什么都想不起。七八岁的记忆像是凭空消失一般，我完全不记得自己曾经拥有过这本童话。

小胖子拽了拽我的裤腿：“之前还有出版社来找程爷爷出书呢，可程爷爷拒绝了。他明明写得这么好，我们都可喜欢看啦。”

我把这个本子紧紧攥在手里，就像儿时一样。

我要怎么去问父亲呢？问他为何会写这样一本故事书？问他为什么沉默？答案我真的不知道吗？

“他为什么不出版？”我明知问这几个孩子问不出什么，却还是这样问了。

“我知道！我记得童老师说，这是程爷爷写给自己儿子的，他不想用这个来挣大钱！”没想到姜可乐竟然真的回答了我。

我愣住，自言自语道：“是吗……”

“程老师，你也会像程爷爷一样写故事吗？”另一个孩子拽住我的胳膊摇了摇，“下午你能教教我们吗，我也想成为一个大作家！”

“程爷爷答应我们说，谁能写出一个好故事，就带我们去坐他的火车呢。”孩子们叽叽喳喳的，我的大脑乱哄哄的，什么都没听进去。

数十年前，父亲手写的爱意穿越了时间，通过一本老旧的本子再度传递给我，一时令我有些不知所措。

比起沉默，我其实更害怕直面和父亲之间的爱。

我想，我早已变成了一个不敢表达爱的人，一切袒露真心的言语都会让我觉得尴尬，一切展示心意的行为都会让我自觉憨涩。一点点温情足以让一个男人觉得害臊。

我该如何面对父亲，如何面对他沉默的爱？

本想急匆匆回家询问父亲关于时光童话本的心情，渐渐冷却下来。

就像你遗忘了一件好朋友曾为你做过的重要的事，直到你们之间的友谊变淡，多年以后你才想起来，你还会兴冲冲地去找旧友讨论这件事吗？

我想我不会。

第十二章
我来感谢你

下午就要离开童桦镇了，就让我和父亲的关系保持原样吧。

我把那本童话故事放回了架子上。

刚要走出学校，迎面就碰到了童老师。她依旧是一身黑裙，依旧戴着玫瑰胸针。不过这次长发扎成了马尾辫，看起来不过是 20 岁出头的年纪。

“程老师要去哪儿？”她往右挪动了一下步子，挡住了我的去路，脸上还带着揶揄的笑。

我开门见山：“你的玫瑰是怎么回事。”

她一笑，脸上的梨涡越发明显。“你昨晚梦到什么了？”她没有回答我的问题，反而问我。

我冷静下来，果然那个梦和她的玫瑰有关系。“小时候的事。”

“那说明你最怀念儿时的时光。”

“你会心理催眠？”我警惕地问。

她笑得更开心了：“算是吧。”

“你和我父亲是什么关系？”

“多年的朋友。”

“为什么要让我梦到小时候的事？”

“想让你开心一下。”

“你到底是谁？”

“对哦，一直忘了自我介绍，我叫童桦，童桦镇的那个童桦。”

我的无数问题被她的回答堵在了嗓子眼里。“下午的写作课我不会去的，你别费心了。”

童桦答非所问：“看到你父亲的童话了？”

我也没回答她，我并不想谈论这个话题，径自就要离开。

“程叔答应过孩子们，会说服你去的，你愿意让你父亲在孩子们面前食言？”童桦倒是没有追我，只是继续用慵懒的语调补充道：“你就不好奇，你怎么会做那么多奇怪的梦，不好奇你不善言辞的父亲，怎么能写这么多有趣的故事吗？”

我脚步顿了一下，她继续补充道：“来上课，我就告诉你，关于你父亲的事。”她说。

回家后，发现父亲并不在家。我猜他又是在那条铁轨旁边吧。

果然，我在那条破旧的铁轨旁找到了他。他又在清扫铁轨。

这时，手机不断震动，我接起电话，对方是修车师傅：“程先生是吧，我一点左右就到童桦了。您现在在镇里吧？公司说您办了加急，下午两点保证修好。”

我意兴阑珊地挂了电话，并没有因终于可以离开这里而感到开心。

站在小时候常常等父亲火车经过的那个位置，我朝父亲喊：“爸！”

父亲转过身来的那一瞬，我仿佛又听到了那长长的汽笛声。

他走到我身边：“哎，要走了？爸去送你。”

“没有，下午才走。我走了以后你……”

“你放心，我身体好着呢。不用担心，你安心工作，好好生活。”

我和父亲并排走回家，肩膀之间隔了快有一臂宽。

犹豫了一瞬，我还是问出了口：“爸，学校阅读室里，有你写的一本故事。孩子们说有出版社找过你？”

父亲许久没有说话，像是在努力回忆曾经的事。等我要再问一遍时，他才说：“对，我没给出版社。”

“为什么？”

“咱家有你一个作家就够了。”父亲语气中饱含自豪。

可是我已经是个失败的作家了。我心中暗暗补充道。

“孩子们都很喜欢你。”我大概是在没话找话。

“他们是喜欢童话世界，不是喜欢我。”

又是童话世界，我无力了，算了吧，就当真的有这么一个遍布精灵和美好的童真世界好了。

这一次，我没有反驳父亲，但依旧不相信他口中的桃花源。

中午父亲做了我最爱吃的菜，还收拾了许多童桦镇的特产，大包小包地堆在门口，就等着车修好后给我放进去。

“这些我们那儿都有。”我无奈地说。

“家里的好吃。爸看你之前的采访，说你习惯深夜写东西，那怎么行，还是得有健康的作息，平时不要老吃垃圾食品……”

上一次听到父亲说这么多话，还是要离乡上大学前。怎么这么多年过去了，叮嘱的话还是这几句。

我没有打断父亲，听他絮絮叨叨地说完。

父亲突然又想起了什么，转身进了厨房。等出来后，他依旧两手空空。

我无奈扶额，问道：“你又去拿什么了？”

父亲面露犹疑：“啊？我刚才进厨房是要做啥来着？”

“行了行了，别再拿了，车里都要堆不下了。”我赶紧叫停，总觉得要是不喊停，父亲能把整个家都搬到我车上。

修车的师父提前来了，很快就换好了车胎，这回是真的要走了。

父亲站在大门口，和我摆手，露出和数年前我离乡时，一模一样的拘谨又温暖的笑容。

我按起车窗，开了出去。

后视镜里，父亲竟然还在摆着手。我不忍再看，将车开出了巷子，再看不见他了。

路上，童老师的话一直绕在我脑海中。“你就不好奇，你怎么会做那么多奇怪的梦，不好奇你不善言辞的父亲，怎么能写这么多有趣的故事吗？”

快要开出童桦镇时，我掉转了车头。

我想，去讲完那该死的写作课，跟童老师要到答案后，再离开也不迟。

距离写作课还有一段时间。我没有回家，而是把车停在了儿时常去的小山坡下。

如今，山坡上只有泛黄的枯草，大树的叶子也已经是黄绿相交，不时有落叶随风飘下，准备迎接冬天。

不顾地脏，我直接坐在梦中小时候自己和爸爸所坐的位置，靠着树干，回忆着这几天做过的梦。穿披风的拇指姑娘，闪着光的红玫瑰，还有梦中不知是否真实发生过的儿时经历，这些只是偶发的梦？

一片叶子恰好掉落在我的肩头，我拾起它，不自觉地用眼睛描绘着它背面的纹路，忆起了儿时的事。

秋天我们最常玩的游戏就是拔宝根，左手拽着根茎的低端，右手拽着根茎的头部，和对手的叶子根茎相扣，然后和对方一起使劲儿往后拽，看谁的宝根会被拔断。一轮拔下来，选中最结实宝根的孩子就可以当“王”，指挥其他人。不论是指挥别人上树还是爬墙，对方都不能拒绝，谁让他不会选宝根呢。这可是秋天最常见也最受欢迎的游戏，也是我最拿手的游戏。

满地落叶被叔叔阿姨们扫得堆成堆时，我们就会故意远远地助跑，然后奋力一跳，掉进“落叶山”里。腿全都扎进落叶堆里，路边几个落叶堆无一幸免，都能被我们折腾得散了架。往往因为“跳落叶”弄得满身是土，回家肯定会挨骂，可我们乐此不疲，打死也不改，永远在秋天重复着相同的游戏。

我学着小时候的样子拔宝根，两个根茎相叠，左右手用力一拽，然而哪一边都没断。再用力，没断。换叶子，再来！还是没断。

扫兴！

我站起身，踹了一脚地上的落叶，毫不留恋地转身上了车，心想：看见你们怀念儿时是你们的荣幸，怎么这么不给面子！

上车，关门，定好闹钟，闭目养神。

不由得又开始想起父亲写的那本童话。那样厚的一本故事书，我小时候都读过吗？那怎么会都忘了呢？

“喵……”

我就知道不能睡觉，这不，我又做梦了。

我翻个身，假装没听见，我都要走了，能让我睡个好觉吗。

“喵……喵……”

我被吵得头疼，无奈地坐起来，一睁眼，就见挡风玻璃上站着一只神色高傲的灰色肥猫。奇怪的是，它还戴着一顶王冠。是真的王冠，看起来很高贵的那种。

好吧，这回又梦到了精灵王国。

我见怪不怪地走下车，对着它说：“你会说话吗？”

“喵。”它从我的车盖上一跃，站在了我的车顶，与我平视。

“不会，是吧？”

“喵。”这是带着威胁意味的一声猫叫。

“好，那咱俩没办法沟通，你打哪儿来就回哪儿去，我这没有猫粮，也不好奇你的王冠是哪里来的。”

“放肆！”突然，它说话了，是个雄厚的男低音。它微眯着眼睛，流露出威严的神色。

我懒散地把手搭在车顶上，问：“你会说话，刚才怎么不说？”

“我的臣民说你现在想象力非常贫瘠，让我别吓到你。”它在车顶卧下，仿佛那里就是它的王座，粗粗的尾巴不时慵懒地晃动一下。

“你的臣民？”

它高傲地昂起头，说道：“是的，我是这里的国王。”

好吧，随便你，我点点头表示赞同，然后自然而然地伸出手去想要摸摸他。他像是受到威胁一般，突然朝我凶狠地龇开了牙：“嗷呜！”

呃……这是老虎的叫声？我感到好笑又可爱，再一次伸出手去逗弄他。没想到，这一次他浑身的毛突然变成了黑色，全部爹得竖直了起来！成了一个圆鼓鼓的大黑毛球，只剩两只黝黑又闪着诡异光亮的眼睛瞪着我。

吓了我一跳。

我赶紧后退一步，以示自己对他没有威胁。他瞬间收回了毛发，变回灰色。一个金色的国王座椅凭空出现在空中，他神色倨傲地坐在王座上，还跷起了二郎腿。

“愚蠢。”他对我说。

我皱起眉，再次后退一步以确保自己的安全后，才问：“你找我？”

“我来感谢你。”它虽这样说，却毫无感谢的神色。

“我可没帮过你。”我神色警惕地质疑他的说辞。

“你只是忘记了而已。”它站起身来，“好了，我已经对你表达了应有的感激，你可以退下了。”说着，它轻抬起右爪，一片橙色的落叶随着它抬手的动作飘向了我。

“这是谢礼。你最喜欢的。”

我接住叶子后，肥猫就跃下了车。

金色的王座化作一缕金色烟消失殆尽。

自称国王的猫迈着优雅的猫步走了，留给我一个丰盈的屁股和一句话：“我劝你别急着离开童桦。”

简直是莫名其妙。

“叮叮叮叮叮”，闹钟把我惊醒。

我坐起身来，不知道刚才睡了多久。

侧头一看，窗子的缝隙里竟然真的卡着一片橙色的落叶。我取出这片叶子，不甚在意地丢了出去。

一阵风来，又把它吹到了玻璃上。叶子稳稳地贴着，一动不动，我这才把它取到车里。

刚一捏住这片橙色叶子的根茎，我就知道这是个难得的“好宝根”。随手把它放到车里，我想，既然有缘那便留着吧，当作回乡的纪念。

事情真是越来越有意思了。这片叶子是怎么来的，难不成梦和现实是有连接的？还是说，我的梦也是被童桦催眠后的结果？

我揉了揉眉心，想起梦里的猫让我别急着离开童桦。

它说的童桦，是童桦镇还是那个女人？

梦境和童桦镇有什么关系？

我迫不及待地发动车子，开到了学校门口。

今天我一定要逮着那个神秘的女人，问个清楚。

第十三章
我真的看见了

要给孩子们讲什么？等车子到了大门口，我才想起问自己这个问题。此刻我毫无思绪。

一年级的孩子，应该还在学习“看图写话”吧。写作课？我看只是童老师想让我留下的由头。

她到底为什么这么希望我留下？

怀着满腹的疑问，我走进了学校。

刚踏入校门，就被一群孩子簇拥住。

“他就是程爷爷的儿子吗？”

“就是他，就是他，我见到他从程爷爷家里走出来了。”

“他好凶啊，真的是程爷爷的儿子？”

几个孩子肆无忌惮地讨论着我。

说真的，小孩子和蜜蜂一样是让人害怕又烦躁的生物。我板着张脸，从这些小矮子之间挤出去。

姜可乐把他们一把推开，过来拽住我的胳膊，对他们说：

“程老师是我的朋友，你们不许这样说他。”

“不是你跟我们说他傻的吗？”一个女孩子当场拆了小胖子的台。

“呃……那是我对程叔叔还不了解的时候说的，现在我了解他了。”

这些小鬼到底在胡说八道什么，什么叫现在了解我了，我都还不了解我自己呢。

不过我根本不在意听他们的争论，只想赶快走个过场上完课。

“那他能看得到吗？”

“好像不能，姜可乐说程叔叔脾气很坏脑子也不好，什么都不懂。”

听到这句话，我终于停下了脚步，低下头去，皱着眉问：“看得到什么？”

霎时间，孩子们全都噤了声，一张张小脸互相挤眉弄眼，怯生生地看着我。

我觉得更加奇怪了，又问了一遍：“你们说我应该看得到什么？”

孩子们齐刷刷地摇了摇头，各个都抿住了嘴不愿多说，看起来很是怕我。

姜可乐则一脸神秘地拽了拽我的衣摆，说：“这是个秘密，现在还不能告诉你。”

好吧。

这群孩子或许是在玩什么碟中谍版过家家。我做了个 ok 的手势，表示明白了。结果孩子们一看到我的手势，瞬间往后退了好多步，一脸害怕地跑走了。

姜可乐焦急地把我的手拽下来，告诉我："在童桦镇可不能比这个手势！这是准备离开童话世界的手势。"我刚想问为什么，他就说："没有为什么，不能就是不能，不信你去问童老师。"

我当然不会去问她这么无聊的问题。我敷衍地摆摆手，不再理会姜可乐的胡言乱语。

姜可乐带我来到了一年级一班，我并没有在教室里看到童老师的身影。我问出了我最关心的问题："童桦呢？"

"不知道。"他答，"快来了吧，这节课本来是美术课呢，童老师特地让出一节课，说要请大作家来讲课。二班这节是体育课，他们的同学们也挤进来听了。"

还真是"殊荣"啊，我无奈地想。曾几何时，我也是在高校开过见面会的作家，现在却只能给什么都不懂的小鬼头们乱讲一通。

教室里的吵闹声通过门框汹涌而来，我皱着眉头，十分抗拒地走进去。姜可乐直接把我拽进门去："程老师，快点吧，马上就要上课了。"

教室里已经坐满了孩子，连走道里都有孩子搬了小板凳坐着。黑板上还用粉笔写着"欢迎程尧老师"。

孩子们看见我进来，叽叽喳喳说个不停，还有几个活泼的孩子，直接朝我喊“程老师好”。

我皱着眉点头示意，努力让自己心平气和下来，心中却甚是不耐烦，想着这场闹剧多会儿才能结束。

“安静！！！”一个戴着圆圪眼镜的男生大喊一声，教室里瞬间静下来。孩子们直直地看向我，全部坐得挺直。

面对台下无数双黑亮亮的饱含期待的眼睛，我竟然生出了一丝紧张。

“同学们好，我是程尧。”我简单地介绍了一下自己。

“我知道，你就是程爷爷的儿子！”有孩子直接喊出声来，招来教室里一阵笑声。

我不懂这有什么好笑的，只得努力维持着自己僵硬的微笑。“今天我来和同学们探讨一下，如何写作。”

我在黑板上写下“故事”两个字，然后转身。

“如何写好一个故事，时间、地点……”

“人物！”小胖子直接接过了我的话，然后他继续说，“程老师，我们不想听这些。这些我们早就听过啦。”

我有些尴尬：“那你们想听什么？”

“我们想听故事！”齐刷刷地，孩子们一起喊。

故事？也好，这个年纪的孩子，字都认不全，怎么会懂如何写作呢？干脆就讲故事好了。

“好，那今天我就给同学们讲故事。”嘴上虽然这样说，可我完全不懂如何应付小朋友。该讲什么呢？孩子们爱听什么？童话吗？我可编不出来那种幼稚的童话。

“不如就讲个童话故事吧。”童桦从后门走进来，直接给了我一个建议。

好吧，就讲童话。

我搓了搓手，在脑内搜寻着我知道的为数不多的几个故事。

我刚讲一句《皇帝的新装》的开头，就被孩子们打断：“这个听过啦，换一个。”没讲两句《海的女儿》，就又被孩子们叫停：“这个也听过啦。”紧接着，《灰姑娘》《白雪公主》《丑小鸭》等接连被孩子们拒绝。

“程老师，你到底会不会讲故事啊？”

“对啊对啊，程爷爷可会讲了呢。”

“程老师，你不是大作家吗？程爷爷还说你可会写故事了。”

我被问得焦头烂额，尝试着现编一个，却只能想到那些从前的经典童话。

童话竟然这么难编，我承认，我根本毫无童心。

对我来说，拾起童趣似乎比挣钱还难得多。虽说我小时候听过父亲讲的很多童话，可我哪还记得。

我望向姗姗来迟的童桦，她一脸淡定地耸耸肩，毫无想要帮忙的意思。

对了，父亲写的童话！

我想到了那篇跳芭蕾舞的棕熊的故事，像找到了救命的稻草，准备照着父亲写下的句子，给孩子们讲这个故事。

“从前……”我刚讲了两个字，就又有孩子举起了手，她坐得很端正，长相清秀文静。

我示意她发言后，小女孩问：“老师，故事总是发生在从前吗？”

“是的，童话故事都是这么开始的。”

“为什么呢？”

“因为……从前是段好时光，所以人们总是想让美好的故事发生在从前。”我是这么回答她的。

她的表情还带着疑惑，明显并没有被我的言语搪塞过去，她又说：“明明现在也有童话啊，为什么故事的开头不能是：现在……”

现在也有童话？

哈哈，我想她应该更想和我的父亲交流。一个智力正常的成年人，应该都知道圣诞老人和美人鱼都是假的。

我很直接地戳破了这个孩子的幻梦。我笃定地说：“没有，现在没有童话，童话都是人编出来的。”

我的话在教室内引起轩然大波，想来我这一独特的见解击碎了这些孩子的童真灵魂。此刻我竟然有种恶趣味的快感。

于是我又补充了一句：“世界上绝对没有童话，从前也没有，绝对。”

孩子们彻底震惊了，哄闹不停。

我得意地望向童桦，本想看到她气急败坏的神色，没想到她一脸淡定地笑着，见我望向她，还朝我竖了个大拇指，似乎是在嘉奖我的“惊世壮举”。

台下还是哄闹一片，我拍了拍桌子，问道：“你们还想听吗？”

哄闹中，我注意到姜可乐回头看了看童桦，童桦对他轻轻点了点头。

然后姜可乐就站起身来，率先喊出声捧场：“想听！”

于是许多孩子就都跟着他一起喊了起来：“想听！”

这倒是出乎我的意料了。

于是我就继续讲这个棕熊的故事。讲到最后：“棕熊练习了很久，她已经可以跳好一支芭蕾舞，可是裙子该去哪儿找呢？”

“我知道我知道，后来她去找白云姐姐借了一朵白云，做成了白裙子。”可乐直接接过了我的话。

另一个小朋友问可乐他是怎么知道的，我本以为他会说是因为自己看过程爷爷的童话本，没想到可乐自豪地说：“因为棕熊阿姨亲口跟我说的，后来她真的成了世界上第一位棕熊芭蕾舞演员。还得了奖呢！”

教室里顿时“切”声一片，“切，假的，熊只有在故事里才会说话，刚才老师都说了，这世界没有童话！你在撒谎。”有几个孩子直接说出了我的心声。

可乐站了起来，撞得课桌都往前移了些，他的脸都急红了：“我真的看到了！”

刚才向我提问的女孩子也站起来，她说：“我做证，姜可乐真的看到了。”

霎时间，孩子们完全忘记了我还站在讲台上，七嘴八舌地争论起来。一些孩子说这个世界上真的有童话世界，还振振有词地说自己看到了，一些孩子说根本没有，都是大人们编出来的。

这事真是越来越有意思了，我乐得看戏，干脆不再讲什么，当场卸任“讲师”一责，走向靠在教室后排墙上的童桦。

童桦嘴唇的颜色似乎比我刚见到她那天更红了。

我望着她带着戏谑神色的眼睛，说道：“我的任务完成了，这回你能告诉我关于梦的事了吧。”

她点了点头，然后拍了拍手吸引孩子们的注意力。“调皮鬼们，给你们布置个任务。你们每个人都接着程老师刚才讲的，想想棕熊最后是怎么获得世界上最美的芭蕾舞裙的。想好了写到作业纸上交给大作家程老师。”她的嗓音微哑，语调也不似普通小学老师那般温和，却有一种令人安静下来听她讲话的魔力。

“好！”孩子们明显很喜欢她，各个都十分捧场。

“那么，开始吧。”她说完就走出了教室。我正要跟上时，又被小胖子拽住了。

小胖子面露委屈："老师，我真的看见了！为什么大家都不相信我。棕熊阿姨还跟我提起过程爷爷呢，程爷爷也看得到她，坐过爷爷幸福列车的人，都看得到她！还有池塘里的姐姐，你不也看见过吗？她还跟我说你俩是朋友呢。"

我敷衍地点点头，心里急着去找童老师。小胖子却拽着我不让走，非要让我告诉他，我也看得见童话世界。

我被拽得有些恼了："少看点童话书吧，那些都是假的！"

小胖子被我的呵斥吓到，下一秒，他就拽着我的手狠狠咬了一口，说："我真的看见了，你这个笨蛋！"

小兔崽子，咬完我就直接跑掉了。

我用一个小朋友的桌套擦掉了小胖子留在我手腕上的口水，面不改色地走出门去。

教室门外，孩子们的讨论声不绝于耳，不时有什么"叶子""女巫""神秘奶奶"等词汇在众多杂音中脱颖而出被我听见。我和童老师则面对面站着。

我不由得又看向她领口那朵玫瑰胸针，总觉得她的玫瑰胸针和玫瑰花都不一般。细细看着，竟觉得这胸针的玫瑰花瓣弯曲的形状，跟个眼睛似的。

我问她："你到底是什么人？"紧接着又自问自答，"心理医生？"

她微微一笑，那是一种不属于她这个年龄该有的高深莫测、寓意颇深的笑容，仿佛她已经活了 3000 年，看遍这世间种种，可她嘴角与她气质割裂的梨涡又把她从缥缈中拉了回来，让人觉得她似乎又只是一个 20 岁出头、古灵精怪的小镇美术老师。

她直直地看着我，说："我是你的老朋友，也是你父亲的老朋友。"

我反驳她："在此之前，我并不认识你。"

"你小的时候，我们就见过。"她无所谓地说，"只是你忘了。"

她看起来不过 20 岁，我小的时候她出生了吗？

我到底忘记了什么？就像奇奇怪怪的梦中人所说，我真的忘记了什么吗？是因为童年失忆症吗？

我追问道："我到底忘记了什么？"

她并没有直接回答我的问题，而是问："你相信这个世界上有童话世界吗？"

"不相信。"三个字脱口而出。

我当然不相信。

30 多年来，世界只向我展示了这么多，叫我如何相信真的存在着一个童话世界。只有我天真的父亲和尚不谙人事的孩子们才是童话世界的忠实信徒。

她无所谓地笑笑，侧头看向教室里的孩子，说："留下来吧，和孩子们一起，看看到底有没有。”说着，她把那本父亲的童话故事本递给了我，“它本来就是属于你的。”

我把这个本子攥在手里，眼见她就要转身回教室，我叫住她：“你还没告诉我，我的梦是怎么回事，和你有关吗？”

她没有回头，直接踏进教室里，留给我下一句：“这个世界，比你想象中更有趣。”

她的话云里雾里的，叫人听不懂，却自有一种叫人信服的磁场。

她长发上的玫瑰香气再度被秋风送到我的鼻尖，那香气，像已经在城堡中放了千年的玫瑰，虽然花瓣已经干涩易碎，但花香却因在时光中浸染了多年而多了一丝古朴，神秘且不艳俗。

她，到底是什么人？到底多少岁？

第十四章

那些故事

再后来，孩子们“叽叽喳喳”地把自己写好的东西拿给我看，我被一群孩子围在中心，等回过神儿来，童桦又已经不知所踪。

问题还没讨论出确定的答案，她又躲哪儿去了。

我心情烦躁地看着孩子们交上来的小作文，起初的不耐烦渐渐消散，开始感叹这些孩子天马行空的想象力和单纯善良的童心。

这个年纪的孩子，写的字歪七扭八，许多字都用拼音代替，我艰难地辨认着每一个小故事。

有的孩子写：“小熊在 bā léi 比 sài 之前努力的减肥，变成了世界上最苗条的熊，然后又在熊妈妈的帮助下，用树叶 fén（缝，拼错了）出了一条绿色的裙子，比 sài 的时候她每转一次圈都有绿叶 piāo 落下来，美极了。”

还有孩子写：“zōng 熊在练习跳舞的过程中，遇到了一个 è 鱼王子，è 鱼王子把自己湖底巧克力味的水草送给了棕熊，让她做出了一件巧克力味的裙子，舞蹈比赛的评委最爱吃的就是巧克力，所以给 zōng 熊打了满分。”

大部分的孩子是写棕熊通过自己的努力，感动了别人，并在这个人的帮助下获得了芭蕾舞裙。

我读着读着，心生感慨。这就是童话的套路吗？成功一定要在别人的帮助下才能获得？棕熊从一开始就是错的，不适合自己的路，何必去走？

现实的世界，哪有那么多幸运的帮助。会有什么人也给我一支生花的神笔，帮助我写出卖座的故事吗？更何况，现在都是用电脑打字，除非童话世界也科技化了，给我一个生花的键盘。我乱七八糟地想着，去掩饰自己内心的慌乱。

因为……我在读这个故事的时候，不由得想，我是否就像这只棕熊一样，正在走着一条不属于自己的、错误的路？

写作，真的适合我吗？凭着这条路，我能够成功吗？没有童话故事中爱帮助别人的神秘人，我能在写作这个“芭蕾比赛”中获得第一吗？我如今的坚持到底有没有意义，我能继续靠写作获得喝彩吗？换句话说，我能靠写作获得我想要的人生吗？

我在写作这条路上，还有未来可言吗？

上完课后，我把孩子们的故事泄愤般地扔到了校门口的雕塑上，残忍地想，像这样美好又幸运的故事，现实中可不存在。

“哎，程老师，你的东西！”可没等我走出校门，就被人叫住了。

又是那个胖门卫。

他小跑着把那叠被我故意扔下的作业塞进我的手里，笑得活像个弥勒佛，对我说：“忘拿了吧？”

真不知道他哪来这么多能调动嘴角肌肉的开心事儿。

我冷漠地摇头，语调平稳地回答他：“不是，我不要了。”

我把手里那叠作业又放回在雕塑上。

他一点都没惊讶，像是没察觉到我对他的无礼，再一次热情地把作业本塞到我怀里。

他的眼睛笑得眯成了一条缝，说：“拿着吧，多好的东西啊！世界上独你有这份，你还不想要？”

来回推拉了几次，我只得左手拿着父亲的童话本，右手拿着孩子们的故事。

他满意地点点头：“程老师，你准备留下来吗？咱们小学一直缺老师，童老师跟校长说你有留下来代课的想法，我以为你一个大作家不会留在这里，没想到你今天真的去给孩子们试讲了。”

当老师？

童桦可没跟我说要我在镇里小学当老师，她这人说话总是神神秘秘的，像要藏着什么似的。原来，她非要让我来讲写作课的目的，是想让我留下来当老师。

我低头看了看手中的册子，一本是父亲为我写的童话，一本是孩子们想象的童话世界，两手之物，无一能为我带来利益。

这样浪费时间精力的事物，和我自己在外工作时的生活截然不同，但不知为何，却又不舍得再丢掉。

我朝胖门卫尴尬地扯了扯嘴角，抬腿出了学校。

像是得到礼物后，不好意思当着送礼物的人面拆开一样，我把车开到小山坡下，怀着奇异的心情拿起了父亲写给我的童话本。

1994 年 1 月 1 日那天，父亲写下了第一个故事，讲的是一个善良的男孩，因为拾金不昧，获得了进入童话世界的机会。在童话世界，他遇到了一只受伤的天蓝色蝴蝶，男孩救了蝴蝶，和她交了朋友。蝴蝶把自己的翅膀送给了想要飞翔的男孩。男孩借着蝴蝶的翅膀飞上天空，而没有了翅膀的蝴蝶却沉入了海底。等男孩飞够了，重回大地，却再也找不到那只蝴蝶。于是男孩请求海浪帮他寻找蝴蝶。海浪却说，大海会吞噬一切蓝色的东西，要想进入大海找人，就要变成蓝色。男孩为了能够找到蝴蝶，甘愿变成蓝色的木偶。他跳入海中，在珊瑚上找到了蝴蝶。两人一人一半翅膀，紧紧相拥着飞出了大海。从此，他们再也没有分开过。

故事的背后，还有父亲画的粗糙手绘，一只蝴蝶和一个木偶并肩坐在云朵上。

父亲幻想蝴蝶是蓝色的，是因为母亲最爱的颜色是天蓝色吗？

我试图从父亲的文字中，探寻他的世界。

1994年1月12日：不会哭的、看不到颜色的兽人，翻越三千山川，终于看到了一抹颜色，欣喜若狂时，他人生中第一次流下泪来。兽人眼泪落下的地方，变成了七彩湖，所有看不见颜色的人，都可以在这里看到五彩斑斓。

1994年1月23日：一个逃兵在沙漠遇到了一匹高贵的受了伤的斑马。逃兵虽然害怕死亡却心地善良。斑马看不起逃兵，却不得不接受逃兵的帮助。一起经历诸多事情后，逃兵变得勇敢，重回部队，最终成为首领，也成了世界上第一个把斑马当坐骑的将军。

1994年2月10日：光明王子的国家陷入黑暗，他甘愿跳进了天坑，同黑暗王子抗争。49天后，他为城民争取到了第一抹光亮。后来，无数的城民追随王子，宛如流星般跳入天坑，最终合力打败黑暗王子，城市重新获得了阳光，天坑内的城民都化作了星星，即使在夜晚，也能给城市送去光亮。

…………

再往后翻，这本册子里，讲了友情、爱情、亲情，或惊险，或奇妙，或忧伤，但所有故事的结局，都是美好的。

我越看，越惊叹于父亲的文字，虽然文笔朴实，笔力晦涩，但情节却充满了想象力。或许不该有这样的想法，但这一刻，身为文字工作者的我，产生了一种莫名的情绪。我不愿称其为嫉妒。

曾经我以为，童话是最简单的故事，只要把所有美好的事物堆砌在一起，给孩子们制造谎言即可。可就在刚才，经历了在课堂上的哑言，现在看着父亲的故事，我忽然觉着，这些简单而有趣的小故事，我根本编不出来。我连父亲这位普普通通、文化程度一般的火车司机都比不上。

不知该如何描绘此刻的想法，这些故事似乎有种魔力，柠檬汁般淋在我的心口，感动和别扭掺杂在一起，还有些由此引发的自我怀疑。

父亲看过我写的故事吗？他觉得怎么样？我在他心中，是个好作家吗？

我从未和父亲谈论过自己的职业、作品。就连我最满意的成名作，我也没有告诉他，生怕我的兴高采烈在他面前露怯，让他知道我想要得到他的夸奖。

更何况，我的父亲，竟然也写过故事。

我和父亲相比，谁更适合当作家？

第十五章

留下来，你就能看得见

“喵……”

忽然，我听到背后传来一声猫叫。猛地回头，却只看到空荡荡的后座，似乎有一丝灰色的身影闪了过去。不由得想起那天梦见的那只灰猫，我揉了揉眼睛，尝试着问：“国王？”

一片寂静。

我被自己愚蠢的行径逗笑了，竟然真的以为它是存在的。

“喵……”

我又听到了！没错！的确是猫的叫声！它在哪儿？

我刚要下车寻找猫的踪迹，就见榕树的树干后，飘着一根长长的黑色丝带。

是她，童桦，一定是她。只有她这个神经兮兮的女人才会穿成这样。

我朝那棵榕树走去，果然看到童桦正靠在树干上。她依旧穿着那身黑裙子，还戴着宽大的黑色遮阳帽，帽子上系着黑色的丝带正随风舞动着。

她看到我后也没有从树干上站起身来，看起来一点都不想和我说话。

我莫名有些紧张，不自觉地挺直腰板，问她：“你什么时候来这儿的？”

童桦从自己暗红色的手包里找出一根细长的烟卷儿点着，轻启双唇：“在你之前。”她慢悠悠地吐出一口烟来，直直地盯着我，又说：“在你之前很久。”

她连烟都是玫瑰味的。

我讨厌女人抽烟，但看到她此刻的样子，却讨厌不起来了。

我被她直挺挺的眼神盯得有些尴尬，赶紧说些什么以打破微妙的气氛：“刚才你有看到一只猫吗？”

童桦点了点头。

我松了口气，还好她看见了，说明只是一只普通的猫，而不是我梦中的那只国王。

“跑走了？”

童桦摇了摇头，她的嗓子因为吸烟变得更加沙哑。“没，还在这儿呢。”

我看了看四周，面露疑惑。

她白皙的手指涂着黑色的指甲油，夹着烟卷，轻轻向上抬了抬，示意我抬头去看。我仰起头，只看到榕树上枯黄的枝叶。

“在哪儿？”

童桦轻笑出声：“别急，你就快能看见了。”

我觉得她愈发神秘，问道："什么意思，到底有什么事是我不知道的？"

童桦随手把烟扔到脚下，反问我："你很关心？"

我盯着那根被抛弃在地上的烟卷，回道："我只是不喜欢被蒙在鼓里的感觉。童桦镇似乎和我认知里的样子不一样了。"

"那就留下来，小学缺一个语文老师，你很适合。"童桦终于不再靠着树干。她穿着细长的黑色高跟鞋，稳稳地踩在土坡上，却没有一丝尘土染上她的鞋尖。

"你和我父亲到底是什么关系？"

"我不能告诉你，现在还不能。"她停顿了一瞬，又说，"因为只要你留下来，你可以自己瞧见一切。更何况……"

我望着童桦的眼睛，看到了她深色瞳孔里迷茫的自己。

"更何况，你无处可去。"

她就这样下了断言，让我无处可逃。

要留下来吗？

坐在门前的石墩上，我想象着父亲几十年来的生活——拿着只够维持温饱的固定工资，干着重复无意义的工作，想象着一个美好童趣的世界，爱着一个不理解自己的儿子，思念着早亡的妻子。这样的人生，有意义吗？

或许没有意义，但却很安全。

要不然，我留下来吧。

不管童桦镇里有没有秘密，不管那些梦到底是不是真实的，不管小胖子和父亲口中的童话世界到底存不存在，我都要留在这个小镇，当一个逃兵，像父亲一样。躲在这无聊闭塞的地方，平凡又没有风浪地度过一生。

“程尧？”我听到父亲在叫我。

父亲站在小巷的入口处，语气带着惊讶。

“尧尧？”他又喊了一次，似乎是不相信我还没离开童桦镇。

我起身朝他挥手，说：“爸，我留下来吧。”

说完我却并不觉得轻松，反而觉得有无形的压力担在我肩上。

那是什么？我想是“放弃”。

放弃并不是一件轻松的事，不是吗？

“我想先在家里休息休息。”

“也好，在家里好。”

我和父亲之间简短的对话就此终止。

我庆幸他没有多问，如果他问的话，我该如何告诉他我留下来的原因，因为我窘迫的处境和逃避的心态？

我努力让自己不去想未来，拼命叫自己静下心来，安慰自己说，先在童桦住下，暂时抛去作家的身份。

我决定留在童桦镇，怀着失落的心情。

住多久呢？我也不知道。

我开始着手整理自己的卧室，本来只想在镇上住一两天，都没有好好收拾过房间。如今决定要久住，当然是要好好清理一番。

我以“房客”的心情，重新观察着父亲的家。

收拾得井井有条的小院子里，东墙处，是用砖块砌起来的菜园矮墙，里面种着一些茄子，已经过了成熟期，只剩一些根叶，却不显萧瑟。

院子的地面被扫得干干净净，落叶都被父亲扫到一角，就连木质的仓库门上，倒贴的福字也不似镇子中大部分人家的那样，被北方带着沙尘的风吹得有些残破，父亲的“福”仍然平平展展，干干净净，不知是不是隔段时日就要擦上一擦。

一些除草的工具整齐地被挂在东墙上。立在院子里的电线杆和房檐之间，紧紧抻着一根粗铁丝，没有一点弧度，是为“晾衣架”。窗沿之下，放着一张矮桌和一把小竹凳。这张矮桌我有印象，那是我小的时候，父亲自己打的，也不知他是从哪儿学来的木匠技术，做得像模像样。

从小到大，院子里都是这般模样，数十年过去了，这里依旧是这样。

父亲是个讲秩序又刻板的人。小时候，处理家里大小事情，父亲无所不能，修灯，凿井，生火，寻找有线信号，就连电视机有了“雪花”画面时，也只有他才能把信号“拍”出来……

父亲 34 岁时，我已经 8 岁。在我现在这个年纪，父亲已经有了我，而且还给我写了整整一本童话。

我绕着小院转了一圈，停在了父亲的小菜园前。父亲见我对这些感兴趣，走到我的身边，打开了话匣子。

“茄子好种些，爸平时没事的时候，就浇浇水。它们也争气，不用怎么管，就长得很好。”

“你看那棵酸果树，在你回来之前，已经熟了一批了，果子一熟就都掉在地上，不过太酸了，吃不得。”

我摘了个果子，拿衣服下摆擦了擦，咬了一口，被酸得龇牙咧嘴。父亲看了，眉眼舒展开来，笑眼弯弯，皱纹也有了温柔的弧度。

“你屋里的被子，等出太阳的时候，爸给你拿出来晒晒？”父亲继续说着。

我突然觉得心酸。已经有多少年了，我再未和父亲这样好好聊过闲天。

“我准备帮镇里的小学代……”

话说到一半，就见姜可乐从大门的拐角朝我冲了过来！他急急地跑着，看到父亲后才连忙刹住了车，匆忙给父亲鞠了个躬：“程爷爷好！”

“暴脾气叔叔！你要当我们的老师啦？”可乐大喊一声，晾衣架上落着的一排麻雀都被他惊得飞走了。

父亲听罢，也欣喜地看着我。仿佛我留在镇里是跟女娲成功补了天、大禹有效治了水一样的大好事。

我点了点头：“是的，我以后代他们的语文课。”

第十六章
好运气与坏运气

姜可乐因为我留在童桦镇高兴极了。

真不知道他喜欢我什么。我似乎从来没给过他好脸色。

他兴奋地向院中的一片空地喊："你们听到了吗？他说他不走了！他留下来了！"

我朝他喊的方向看去，只是几根茁壮的茄子。

姜可乐转而看向我，一副得意的表情，说道："别大惊小怪的，你没见过爱自说自话的小孩？"很快，他又神秘兮兮地说，"你保准会喜欢他们的，你还会大吃一惊，哦不，是大吃很多惊！"

我猜他说的是他那群小学同学。不等我回答，他就又一手拽住我，一手拽住我父亲，继续嚷嚷着："太好了，以后有两个人给我讲故事啦！"

这晚，姜可乐留在我家吃了晚饭。我很久没吃过这么闹腾的饭了。

他可真是个话痨，一顿饭下来嘴就没停过，即使塞着鸡翅也要嘟囔。不出半个小时，学校里谁发现了玉米田里有个大洞，隔壁阿姨种的菜被哪位同学拔走了，学校里体育老师和数学老师恋爱了……我都知道了。

我可不稀得听这些，父亲倒是听得认真。

天色渐暗，父亲点亮了院子里和家里所有的灯，无一例外都是黄色的。我猜他是想让黄色灯光带给我些好运气。

饭后，父亲牵着姜可乐的手送他回家。

独自收拾碗筷时，我接到了我的小说代理商打来的电话，说有个影视公司有意向买我小说的版权。

是个久违了的好消息。

此刻正洗着碗，我用耳朵和肩膀夹着手机，侧头看向窗外被黄色灯光笼罩着的小院子，显得宁静而温暖。

或许，黄色的灯光真的能带来好运气。

第二天，整个小镇都知道了我要留在童桦当语文老师。

那些我不认识的人们依旧对我很是欢迎，随便走在街上都能听到陌生的人喊我“程老师”，偶尔也会有人喊“程作家”。

这些莫名的热情让我感到无比尴尬。

我猜每个跟我打招呼的人，都有个孩子“恰好”在我教书的学校上学。现在的热络，不过是指望着我对他们的孩子有所关照。

即便明白这些笑容都别有意味，我也无法像第一天回来时，对邻居们回以冷漠，毕竟我被迫要在这里生活一段时间，想不被环境口舌，就得融入环境，这是我在职场中学到的。

当然了，我不可能在这里融入一辈子。

已经有公司想要买我故事的版权了，接下来，就等我的故事被拍成电视剧，我就可以名声大噪，离开这个避世小镇，回到繁华中去，体验真正有意思的人生！

哦对，我得对镇上的人好一些，万一等我出了名，有人来采访我的故居，可不能让镇上的人说出半点儿我的不好来。

我越想越兴奋，越想越心潮澎湃，浑身上下连脚趾都在躁动着。

我需要静一静，没错，必须静一静，好好梳理一下接下来的事业规划。

小镇里太吵了，孩子们的玩闹声、老爷子们下棋时的叫嚷声、妇人们家长里短的唠嗑声，甚至连家里门檐下的喜鹊叫声都显得震耳欲聋。

我走了出去，想要找个安静的地方。

老地方，废弃铁轨。

这里安静多了。

我舒适地呼了一口气，坐在铁轨上。

没错，这里安静多了，一点声音都没有。是时候想想我的事业了。我可以在当语文老师的同时，开始构思新的故事，写虚构悬疑类型的还是写反映时代变迁的写实题材？在这里教书的经历也别有用处，等我的故事上映时，可以当作噱头宣传出去。这样一想，除了居住环境差一些，还得应付那些无知的小镇民，留在这里真是两全其美。

我控制不住扬起嘴角，已经迫不及待想要提前扬眉吐气一番。

“好吵！快闭上你的臭嘴！”一个雄厚的声音从我头顶上方压了下来。

我皱着眉抬起头，却只看到一片棕色的阴影。

什么东西？

我站起身，问道：“谁？”

我往后挪了几步，这才看清来者！这是个脚指头比我头还大的巨人！他通体长满了绿草，连嘴巴都是绿色的，像个穿着棕色兽皮裙的巨型海带怪。刚才我看到的棕色阴影竟然只是他的裙摆底部！

他的眼眶处是镂空的，他低头看我时，我能透过他透明的眼眶看到蓝天。我惊慌失措地呆立在原地，只见他缓缓抬起大脚，一片阴影就笼罩住我！

这简直比鬼都恐怖！我撒开腿疯狂逃跑，可下一秒，眼前就又铺满了阳光，面前什么都没有了。

我抬起头，只看到干净的天空，刚才的巨大幻影再无踪迹。

即使什么可怕的东西都看不到了，我也不敢再在铁轨处待着。上次是半夜呼啸而来的火车，这次又是绿色的巨人，难道这里真有灵异事件！我三步并作两步走，不敢再回头。

等回到镇上，听到吵闹的人声我才回过神来。刚才那惊魂一幕，到底发生了吗？我已经不确定了。而后便是一阵后怕，担心自己出了什么心理问题才出现了幻视。

三五闲人正坐在一户人家大门口的水泥台前打着扑克，一个皮肤黝黑的男人正和一个头发花白的老头拿着牌。黑皮肤的男人见我走来，咧嘴一笑，露出一口大白牙，把他手里的牌递给我，说："程老师来啦？来一把？"

"二虎，你是打不过了就想跑吧？"旁边观战的人起着哄。

也好，我需要热闹冲散一下刚才的事情。我从裤兜里拿出纸巾擦了擦水泥台后，坐了下来。

头发花白的老人被叫作"陶老"，我有些好奇，为什么不叫老陶，却叫陶老。搜寻了成年前的记忆，我根本想不起来镇子上有这号人物。在聊天的过程中才知道，陶老的"陶"是桃子的"桃"。因为他有个桃园，而且他已经 90 岁了，很老，所以叫桃老。

和桃老打牌的过程中，我的手气差得离谱。桃老摸着自己的白胡须，感慨说："小程有些急躁，所以运气差了些。"

我又想到了那个空着眼睛的巨人。

的确，如果我真的出现了幻视，那运气真是差到家了！

第十七章
虽然没见过，但我信

围在这里的男人们东聊聊西说说，冲淡了不少我的惊魂未定，让我渐渐放松下来。

“程子，你为啥要留在咱们小学教书？”皮肤黝黑的二虎问。

二虎说他是我小学同学，我却什么都不记得。他非说 8 岁的时候，我抢走过他一根奶棒。真是难为他能记这么久。不知打到第几把的时候，他就直接称呼我为“程子”了。小时候怎么没觉着童桦镇的人都这么自来熟。

我很官方地回答他，说我去给孩子们代课的时候爱上了那些可爱的孩子，学校又正好缺老师，我就留下来帮忙。

二虎十分质疑地“噫”了一声，反问我：“可爱？七八岁的孩子人不嫌狗还嫌，一个比一个调皮，看着就头疼。”

“小孩子爱玩闹是正常的，只要有耐心就能教导好。”我摆出一个好老师该有的和善姿态，期待等有人来采访二虎的时候，他会对着镜头表扬我认真负责。

二虎又笑着亮出他那口大白牙，揭穿了我的真面目：“别瞎说了，那天还看见你在学校门口把可乐骂哭了，我闺女回来还说你在写作课上板着个脸，还跟小娃娃吵，说这世上没有童话，让我回家可哄了半天。”

尴尬。很尴尬。

我尬笑了两下，辩解道：“那天我心情不好。”

二虎摆了摆手，一脸憨直：“理解，我太理解你了。没人能见到孩子还能心情好！”

“谁说这世上没有童话。”一直安静的桃老突然发了话，他摸了摸自己的白胡子，睁开了始终眯缝着的眼睛。

哦？看来又一个和我父亲一样的疯子出现了。

“当然没有了，桃老，你这么大年纪了还相信小孩子相信的东西？”二虎直接问出了我想问的。

桃老把他手中的扑克牌放下，神秘地说：“你们知不知道……咱们镇的名字是谁取的？那可大有来头。”

桃老趁放牌的时候，从台子上顺走了一张牌，塞在自己盘着的腿下。原来是想趁讲故事的时候出老千。我挑了挑眉，心下了然。

“怎么来的？不是因为咱们这里长满桦树？”为配合桃老的演出，我积极提问。

桃老故作高深：“我奶奶跟我讲过，咱们这个镇子，以前叫安原镇。”

不等桃老继续说，二虎就补充道：“后来有一天下了一场奇大的雪，人们从来没见过那么大的雪，每一片都像叶子一样落下来。早上人们起床一看，镇口立着的写着‘安原’的牌子，字被换成了‘童桦’。”

二虎边说，边一把从桃老腿缝里揪出那张藏起的红桃 A。“桃老，这故事你都说了几百回了，出老千惯用这一招！下次换个故事讲哈。”

这个由来倒是有点意思，童桦镇名字的由来父亲都没给我讲过。

我身体前倾，示意桃老继续说：“难道是神仙干的？”

想来桃老已经很久没有遇上新的听众，他顿时就来了劲头：“县老爷以为是有人半夜趁着雪大，偷偷换了牌子，就又命工匠打了块大铁板，焊上‘安原’两个字，重新立在县门口。没想到第二天，这铁板子上的两个大字，又变成了‘童桦’！”

桃老的语调抑扬顿挫，是个讲故事的好手。

我马上又问：“这是怎么回事？”

桃老继续讲道：“县里有个瞎眼婆婆，说是有大神仙住在这儿了，要改名字。不改的话惹了神仙生气，恐怕会出大事。县老爷不敢惹神仙，就彻底把镇的名字改成了童桦，然后就一直沿用到现在。”

这跟世上有没有童话有什么关系？

桃老像是听到了我的心声一般，补充道：“要我看，这中国的神仙，就是洋人的童话，都是一个理儿——神奇有趣儿又难以解释的事情。”

二虎哈哈一笑：“桃老，你这故事不保真啊，我可从来没听别人说过有这么回事。指不定是你奶奶嫌你 8 岁的时候烦人，编了个故事哄你睡觉呢！”

我心中附和了二虎一句，没错，我爸以前就老是编故事。

桃老“唉”了一声，语气中充满了惋惜：“这世上神叨的事多了，你们就不爱信。小孩听了高兴得很，老人活得久了也什么都信了，就你们这群人爱喊着说什么科学。”

我问桃老：“你见过什么神奇的事吗？”

桃老摇头。

我有些失落，本以为自己的幻视能得到解释。

桃老又说：“虽然没见过，但我信。”

说完，桃老扶着拐棍站起来，说了一段绕口令：“有幸看见的人就会相信，没看见的人可能不会相信，但不管你相不相信，存在的都存在着。”

桃老颤颤巍巍地走了，留给我一个意味深长的背影。

二虎朝着桃老大喊：“桃老！输了一半就走啦？赌输的桃子可得给我们啊！”

原来他掰扯了半天，是想耍赖啊，还说了那么段高深的话。

二虎站起身，把扑克牌收放在一个铁盒里，直接搁在水泥台的靠墙角处，对我说：“你别听桃老在这儿神神道道的，他岁数大了，就爱说些稀奇古怪的话。”

我点了点头，继续看向桃老佝偻着的背影，思考着他说的那句“我没看见，但我信”。

没看见的时候，应该相信吗？

这时，童桦捧着一大束玫瑰经过，她腾出一只手扶住桃老的左胳膊，一起往前走去，两人看起来很是熟稔。

对了，童桦说她的名字就是童桦镇的童桦，难不成她和小镇有什么关系？

正想着她，走在前面的童桦突然回头看向了我。

我们隔得很远，虽看不清她脸上的表情，但我很笃定，此刻她正用她那种经典的微笑向我挑衅。

她似乎在问我：“你敢不敢相信？”

“程尧，吃饭！”

我听到父亲在喊我。

回头一看，只见父亲正戴着蓝白相间的袖套，站在拐角处朝我招手。

这种在巷子里被喊回家吃饭的感觉，已经阔别许久了。

小巷中几户人家的屋檐飘出乳白色炊烟，饭菜的香味随着烟雾荡了出来，夹杂着北方特有的干燥空气，把我拉进回忆里。

宽大的巷子就是我们的游乐园。

孩子们在这里跳格子、捉迷藏、地雷挂线红……来来回回就这几个游戏，可总也玩不腻。

天快黑的时候，便能闻到每家每户不一样的饭菜香味，我们就会抓紧时间换着游戏玩，生怕马上就被妈妈喊回家里去。

约莫等路灯亮起，妈妈们就会依次从各家的大门里探出头来，喊着自家调皮鬼的名字。第一个被叫走的最依依不舍，他会边跑边喊着让大家快些吃完饭再出来玩。

我总是最后一个被喊走的。因为我和妈妈约定过，要等爸爸下班再做饭，这样我们一家人就能一起吃了。

如今，喊我吃饭的人变成了父亲。

我朝他挥挥手表示回应，然后向他走去。

连我自己都没察觉出来，我的步调比第一天回到童桦时，轻快了许多。

第十八章
第一课

餐桌上，我问了父亲童桦镇的由来，他讲了和桃老一样的故事。

我已经许久没有听父亲讲完一个故事了。

即使刚才已经听桃老讲过一遍，我还是装作没听过的样子，默默听父亲讲完。

“如果现在再给咱们镇改名字的话，还会被换回‘童桦’吗？”我边用筷子把土豆戳碎边问。

“会的。”父亲回答得很干脆。

即使一早就知道父亲会这么回答，我还是五味杂陈。他这么笃定那个童话世界，是因为他看见了?

我不信。

姜可乐突然从外面撞开了门，气喘吁吁地说道：“程老师，桃爷爷让我给你拿过来的！好几个大桃子！太重了！”

姜可乐肩膀上挎着个藤条编成的大篮子，里面放着四五个桃子，每个都比两个拳头还要大。

父亲连忙起身接过篮子放在桌上。

“桃爷爷说了，这是他输给你的。”姜可乐一屁股坐在凳子上，用脏兮兮的手抓起我的杯子喝了一大口水。“桃爷爷怎么又输桃子了，天天见他送人桃子。”

没想到桃老没有耍赖，还多送了这么多颗。

姜可乐晃荡着小粗腿，说：“赶紧洗洗，我也想吃。”

嘿，他倒是不见外。

父亲笑着应了声，拿着桃子转身进了厨房。

我一把把小家伙从凳子上拉起来，对他说：“自己洗去！”

姜可乐的嘴瞬间就瘪了下来：“程老师，明天你就要正式给我们上课了，你得对我好点。”

“为什么？”

“还能为什么呀，当然因为你对我好点，我就在学校里罩着你！”姜可乐摆出一副神气的姿态来，“你上次讲课那么凶，这回可得好好表现。”

我从父亲手中拿过桃子，洗了起来。

余光中，我看到父亲不知所措地在围裙上擦了擦湿了的手，脸上闪过一丝欣喜。

我不过是动手洗颗桃子罢了，他至于用那样的表情看我吗？显得我以前多不孝顺一般。

第二天，我正式把东西搬进了小学的教师办公室。说是东西，其实只拿了个水杯，还是父亲硬塞给我的。

我的工位在童老师的正对面，她今天并没有来学校。

她的桌子、椅子、抽屉上全部画满了花，各式各样的花。有的好看有的奇怪，有的逼真有的抽象，有的一看就是行家所画，有的一看就是出自孩子之手。这些花看着既怪异又栩栩如生，再盯着看一会儿，似乎都能闻到味儿了。

她左手边第一节抽屉上画着一朵蓝色妖姬，视线经过这朵花时，我忽然看见有一抹黄色的小东西从花瓣缝隙中闪了一下，跟我梦中那个穿黄披风的拇指姑娘很像。我连忙走到这朵蓝色的花前，伸出手去摸有没有缝隙或洞口。

什么都没有。这只是一幅普通的画罢了。

“程老师，这是你的排课表。”

我一听有人声，赶紧直起身子，坐回自己的椅子上。

一个穿着宽大 T 恤、梳着干净板寸头的男人把文件放在我的桌上，对我说：“童老师的桌子好看吧？”

“看着挺奇怪的。”

“她这人特喜欢小孩，总是喊孩子们到她桌上画画。”男人友好地朝我伸出手，我和他握了握手。

“我是咱们的体育老师李好。”

“程尧。你就是那个和数学老师恋爱的老师？”我问。

李好脸上显出一丝憨直的羞涩：“是我。怎么您也知道了。”

“姜可乐说的。”

他笑了笑："这小家伙，就知道他守不住秘密。"紧接着他又说，"我和我爱人就要举办婚礼了，到时候还要请程老师来捧场。"

我礼貌地点头，心里却想着：我们才刚互通姓名他就想着找我去参加婚礼，这么想多要那点礼金？果然小镇里都是小市民思想。

第一次上课，站在讲台上看着教室里一个个小萝卜头，我觉得很好笑。一个星期前的我怎么也不会想到，自己会留在童桦镇，还当起了语文老师。

孩子们对我这个新老师很是新奇，具体表现形式为——不听课。

准确地说，是没有人听课。

他们肆无忌惮地讨论着我，声音大得能把房顶掀翻。

"我不喜欢他。"

"他长得好凶啊，我想要白老师回来！"

"嘘！白老师生宝宝去了，可不能累着，等白老师的宝宝长大了，她就会回来啦！"

我重重地一拍黑板擦，脸拉得老长，大声吼道："安静！"

课堂终于安静下来。他们眨巴着眼睛瞪着我，似乎每个孩子都快要被我吓得哭出来。

我皱着眉一言不发，过了一分钟后，才严肃地说："今天讲第五课，《爷爷和小树》。哪个同学想起来朗读这篇课文？"

并没有人举手，这和我想象中的一点都不一样。

我环顾了一圈，最终把视线定格在姜可乐的身上。

于是，姜可乐在我的“威胁”下端端正正地举起了手。

“姜可乐同学。”我愉悦地喊他起来捧场。

很好，这孩子打小就聪明。

姜可乐尴尬地挠了挠头，磨磨蹭蹭地站了起来。

姜可乐读道：“我家门口有一棵小树。冬天到了，爷爷给小树穿上暖和的衣裳。小树不冷了。夏天到了，小树给爷爷撑开绿色的小伞，爷爷不热了……”

他深情朗读课文的时候，粗粗的眉毛会跟着表情上下浮动，惹人想笑。现在我倒是有点喜欢起他来了。

这节课讲得实在是煎熬，40 分钟度秒如年。

这群孩子根本不懂什么是拟人，什么是比喻。好几个孩子拽着我不停发问：“小树怎么还能穿衣服，小树怎么还会撑伞？”“小树的衣服是什么样的？也有拉链吗？”“爷爷为什么不养一棵大树？”

甚至还有一个男孩问着问着，突然转了话题，问我地球最里面有什么。地心？我是语文老师，又不负责教这些！于是我说地心里什么都没有，男孩立刻嚷嚷起来：“瞎说！程爷爷说地心里可好玩啦，还说下次带我们坐他的火车去地心看看。谁知道地心里是不是放着一块巨大的巧克力呢！”

这都是什么乱七八糟的想象力，我的太阳穴都疼起来了。还有一些执拗的孩子，继续跟我探讨着“世界上有没有童话”这个问题。显然之前我在写作课上的激情发言让他们困扰颇深。

“你现在相信童话了吗？”之前那个文静的女孩问我。

“不是很相信。”我是这么回答的。

这一句话可真是炮仗堆里玩火星，彻底点燃了孩子们的激情。一节语文课当场变成了辩论比赛。

“你是程爷爷的儿子，怎么不相信童话呢！你是不是还没见过精灵！你真该见见他们。”一个穿着格子衫的男孩这么说。

我腹诽道：就是因为我是他儿子，我才不会再信呢。

一个女孩甚至哭了起来：“你必须相信童话！程爷爷说世界上每有一个小朋友说不相信精灵，就会有一个精灵死去！小精灵太悲惨了，你必须相信！”

她的哭声有逐渐放大的趋势，女人的哭声堪比十台轰炸机。我赶紧安抚她：“我不是小朋友，我说不相信，他们应该不会死。”

她瞬间停住了哭声：“是吗？”

“程爷爷是个骗子，他说的话不能信。”我补充了一句。

她又哭了起来。

一个戴着厚厚镜片的男孩子趁乱发表反对意见，他站在凳子上，像发现新大陆一般地激情喊道：“谁要是相信童话谁就是傻子，你们该不会现在还觉得圣诞老人是真的吧！”

“谁不信谁才是傻子！”

“谁信谁是傻子！”

“你才是傻子！”

“明明就有，看不见的才是傻子……”

救命，第三次世界大战也不过如此。

“丁零零……”

终于下课了！此刻的下课铃简直就是一种天大的救赎，它响起来的时机重新刷新了我对“及时雨”的定义。

我飞快逃出教室，直到坐回办公室还惊魂未定。

我想，我需要重新考虑要不要当老师了。

第十九章
孤独的向日葵

我坐在工位上，想要构思一下新的小说时，体育老师给我递来一袋速溶咖啡。说实话，我有点嫌弃这个牌子。

他爽朗地一笑："刚在走廊里就听到你们班在吵了。别担心，孩子们都这样，见着新老师就很兴奋。"

"谢谢。"

他继续说："刚才听你们在说童话的事？你再在学校待一段时间就知道了，这些小孩都可有意思了，总会说些奇妙又离谱的话，天马行空的，果然还是小朋友想象力丰富。"

看来他不相信童话，也对，这才是正常人的思维。

我笑了笑，试探着说："是啊，刚才有几个孩子说他们能看到精灵。"

他正喝着水，一听这话立刻就把杯子放下，面上显出兴趣，回应我："这话我也听过，咱们学校一年级的孩子，每年都有几个会这么说呢！估计是孩子们之间彼此说大话，我小时候还跟我同学说我见过奥特曼，哈哈哈哈哈。"

听他说完，我当即自惭形秽，自己刚才竟然因为那些孩子的话，开始怀疑之前梦到的拇指姑娘、国王猫以及海草巨人是真的存在的了。

险些就如了父亲的愿，成为相信童话的傻子。

趁体育老师转过身去，我迅速把那袋廉价的咖啡扔进左手边的垃圾桶里。希望他没看见，就算看见也无所谓，我不需要在他面前扮演好人。

体育老师并不知晓我内心的想法，他还热情地把热水壶递过来，又拿了一条新的咖啡、一罐蜂蜜和一个纸杯来。“你有没有试过用蜂蜜冲咖啡，那味道绝了！你快试试。”

真不懂他为什么对我这么友好，我对他来说可没什么利益可图。难道真的有人天生热情好客？我有点儿想把垃圾桶里那条咖啡捡回来了。

在他炯炯的目光下，我冲了一条咖啡，并加了他送来的蜂蜜。又在他炯炯的目光下，喝了大半杯。

甜得发齁，我默默把杯子挪远了一点。

“怎么样？不错吧？”

“挺好喝的。”我只能微笑作答。

“这是我想象的中西结合版咖啡，哈哈哈哈哈。”他并没有听出我语气中的敷衍，继续独自开朗着。

就在我想着怎么才能终止这段无意义的对话时，听到了一个熟悉的声音："程老师！"

是姜可乐在办公室的窗户外喊我呢。

感恩，姜可乐总算做了件好事，他把我从尴尬的办公室救了出来。

我跟着姜可乐走到了学校操场旁边的那片向日葵田里。

"我都说了吧，让你对我好点，刚才课上要不是我回答问题，没一个人理你，你就尴尬啦！"姜可乐一脸神气地说，"就是因为你上次太凶了，大家早就约定好不给坏老师面子。"他继续补充着，"不过你放心，我已经为你说了很多好话了！"

我对小学生喜不喜欢我可不关心，这群孩子要是再闹腾，我就立刻收拾东西回城里去。

姜可乐站在一株向日葵前说："你们看，就是他。"

他这对着空气说话的技能又开始了。

他继续说："什么？你说他变帅了？我可没觉得。"

我拍了拍他的肩膀："行了，别演了，你知道的，我不相信你能看到精灵。"

这回他倒是没跟我争辩："程爷爷说想让一个大人相信童话是世界上最难的事情，所以你可以慢慢来，我相信你总有一天能看得到的。"

该不会所有说自己看过精灵的一年级小朋友，都是受我父亲影响的吧。想到这里，我有些哭笑不得，他该有多无聊才总骗这些小朋友。

“好啦，现在向日葵也见过你了，我的任务圆满结束。”

“向日葵是谁？”我故意问道，我倒要看看这小胖子有多会编故事。

姜可乐说得振振有词：“就是一朵向日葵啊，他和别的精灵不一样，他不能飞，只能住在园子这里。小精灵们因为他不会飞不喜欢和他玩，学校里的孩子都看不到他也不会和他说话。所以他很孤独。他说在认识我之前，你是他唯一的朋友。”

“我看不见他怎么和他交朋友？”我问。

姜可乐指着一株向日葵说：“笨，你以前看得见。就是他，你认识他吗？”

我盯着一株普普通通的向日葵，笑出声来：“你想象力很丰富，以后没准儿能当作家。”

姜可乐面露失望，喃喃自语：“你还是不相信。童老师说你会相信的，她从不骗人。到底什么时候你才会相信，这里真的有一个童话世界。”

人们都说小孩子不会撒谎，可姜可乐说的句句都很离谱。

我一时不知该怎么反驳他，或许我不需要反驳一个孩子的无厘头，于是我问道：“你为什么这么想让我相信你说的话？”

姜可乐摸了摸那株向日葵说：“我答应过他们，会带你进童话世界里和他们一起玩，我爸说过，男子汉不能食言。”

望着小胖子真挚的眼神，我也伸出手摸了摸那株向日葵。

他把眼睛瞪得老大，问我："你有没有觉得麻麻的？"

我摇摇头。

他叹了口气："好吧，希望你在我下一个生日之前能看到他们。童老师说，只有在8岁的时候……"

他正说着，童桦朝我们走了过来，打断了姜可乐："可乐，不要说了。愚蠢的人向来只相信自己愿意相信的，就算你再说1000次，他也看不到的，更不会相信他排斥的东西。尤其，他现在还是个刻薄没爱心的傻子。"

童桦低着头跟可乐说着，看起来完全忽略了我的存在。

刻薄、没爱心、傻子？

我？我张了张嘴想要反驳，却又不知拿什么反驳。是啊，我现在就是这样的。

"程老师，第一节课感觉怎么样？"她这才看向我，带着疏离的微笑，客气地问我。

我很不适应她的客气，她一直拽得六亲不认，第一次这样有礼貌。

"还可以。"我给了她一个干瘪的回答。

"那么，再见。"她朝我微微颔首。牵起小胖子的手后，她低声对我说："你最好把扔掉的咖啡捡回来。"

像是不想跟我再多说一句话，她拽着可乐离开了。这倒是有了解释，原来她是看到了我扔咖啡的举动，才对我如此冷漠。

我觉得委屈，扔掉自己不想要的东西也有错？

四下无人后，我弯下腰端看着那朵姜可乐指过的向日葵。它一动不动的，看起来很是孤独。

和我一样孤独。

第二十章
开心起来

当晚，父亲做了一大桌子菜庆祝我第一天任教。

我有些理解不了他这个行为。还记得我第一本书出版的时候，他只是打了个电话表示祝贺，听起来一点都不为我而骄傲。如今我在小学里当老师，他却这般高兴，他这人对成功的定义和我极具偏差。

父亲把餐桌架到院子里，这是要在院中吃饭的意思。

“爸，回屋吃吧，外面全是风沙。”我可不想掺着沙子吃饭。

父亲转身进了厨房，没有理会我的提议：“今天是个好天气，外头宽敞些。”

小时候我们一家人就常常坐在院子里吃饭，自从离开家乡后，我已经很久没有过这样的体验了，或许怀念一下过去也不错。

我搬了个小马扎坐在院子中央，接受了父亲的提议。

我昂起头，望向北边的远山。

北方深秋黄昏时，云是红色的。深深吸一口气，入肺的空气干燥而清新。麻雀叽叽喳喳，隔壁的狗也“汪汪”叫着，自行车铃的“丁零”声，小巷里有谁的妈妈喊了声“吃饭”。这些细碎的声音一如二十几年前的样子。

熟悉又陌生的童桦镇将我包裹住，让我觉得安宁。

落日余晖在山的尽头消失殆尽。

平和，是此刻的心情。

我开始觉得在院子里吃饭真是个好提议，也开始觉得今天是个好时机。我可以借着“孩子们因为父亲的影响总是说谎”的理由，心平气和地和父亲聊聊他所谓的童话，问问他内心的真实想法，缓和一下我们的关系。

嗯，就这么做。

“程尧，端菜！”屋里，父亲用指节敲了敲玻璃窗示意我进屋。

这句话明明是父亲跟我说的，可话音一落，院子里却接二连三走进了好几个人。

姜可乐掐着饭点儿不请自来，手里还拎着一小筐杏干。他向我父亲问道：“程爷爷，今天吃什么呀？”他把杏干放在桌上，“这是我妈晒的杏干，可好吃啦！”

没等我搞明白姜可乐怎么来了，那个爱穿皮衣、戴墨镜的邻居大妈也走进院子，后面还跟着皮肤黝黑的二虎、爱喝咖啡的体育老师，甚至一只老黄狗也挤进我家。

墨镜大妈端来了一盘烙饼："来来来，热乎着呢。"

体育老师更夸张，他戴着手套捧着砂锅，说："我这个厉害了，小鸡炖蘑菇！"

二虎爽朗地一笑，把他带来的棕色小盅掀开："不如我的，经典小葱拌豆腐！"

几人把菜放到桌上，毫不见外地坐了下来。他们这是什么意思，上门做客还都自带饭菜？我原本想与父亲平和对话的计划，因为这几个不速之客彻底泡汤了。

一张折叠的小圆桌上挤满了人，让我很是局促。

见我迟迟站着不动，姜可乐推了推我的屁股，说："程老师，快坐呀。"

众人齐刷刷地望向我，我对他们的不请自来感到不悦，却也只得皱着眉不情不愿地坐下。

"爸，这些人来干吗？"我直接当着大家的面问出声来。

父亲有些不好意思地解释道："我跟可乐说晚上要做点好菜庆祝你第一天上课，他逢人就说今晚有好吃的，大家伙就都过来了。"

二虎好像没觉察出我的不悦："啊呀，程老师别见外啊，咱们小镇上向来如此，谁家有好事大家都跟着一起开心哪！"

墨镜大妈扶了扶她的墨镜，连忙附和："就是，快动筷子吧！"

一顿莫名其妙的聚餐就这么开始了。

墨镜大妈吃饭的过程中都没摘下墨镜，我内心翻了个白眼，她连吃饭都要装酷！

二虎完全把这里当自己家，把肉全夹走了，还连添了好几碗饭，真是粗鲁！

体育老师显得正常多了，饭没怎么吃，话倒是没少说，如此八卦！

他们几个一会儿聊聊镇上的事情，一会儿品鉴对方拿来的菜，气氛逐渐热闹了起来。

趁天彻底变黑前，我起身去打开了院子里的灯。回来时就看到体育老师拍了拍可乐的头，说："咱们程老师能同意留在镇上的小学代课，可少不了可乐的功劳。"

"那可不！"可乐很是骄傲。

是啊，多亏他把我车胎搞坏了，不然我早就走了！我撇了撇嘴，重新坐回位子上。

这会儿墨镜大妈终于摘下墨镜，露出一双小而有神的眼睛。"要不要来点酒？程叔！家里有酒吗？没有的话我回家拿去！"

"早酿好的葡萄酒。"父亲从桌下拿出一大罐装着紫色液体的玻璃瓶。

二虎热络地给大家分好酒，率先喝了一杯："预祝程老师在咱们小学前程似锦！"

我被他的话逗笑了，在小学有什么前程可似锦？

他支着手要和我碰杯，我摆了摆手表示自己不想喝酒。我可不想喝这三无产品。

“程叔的酒是镇子上最好喝的，你这亲儿子竟然不喝酒？”二虎一脸惊异。

父亲赶快给我倒了杯可乐，说：“他不想喝就别喝了。”

于是我用一杯可乐和二虎干了个虚情假意的杯。

然后又轮到墨镜大妈支起身子，她依旧关心着我的人生大事：“祝小程早点找到知心爱人。”

体育老师则憨憨愣愣地说：“看程老师这么瘦，就祝他吃胖点吧！”

姜可乐也紧跟着端起酒杯，墨镜大妈打了他的小胖手一下，他飞速把酒换成了可乐。姜可乐学着大人的模样，装模作样地跟我碰了个杯：“程老师总是板着脸，看着不大高兴。我就祝他快点开心起来！”

一连串莫名其妙的祝福叫我有些尴尬，又不是过生日，也不熟悉，他们一个个轮着祝福我，只显得滑稽。

我露出一个假笑：“谢谢。”

“程老师，你就喝杯葡萄酒吧，程爷爷早酿好了，别人每次想喝程爷爷都不给，你回来了才舍得拿出来分享。”姜可乐手托着腮，撒着娇。

二虎把酒杯递给我。我看向沉默着的父亲，他眼里闪过一

丝期盼。我暗暗叹了口气，接过酒杯喝了一口，脸上显出惊艳的神色，心想，这酒竟然还真不错。

“挺好喝的。”我真心地说。

父亲乐呵呵地笑起来：“酿了许久了，就等你回来喝呢。”

大家也哈哈一笑，墨镜大妈直接豪饮一杯：“这就对啦，不要老是板着脸拒绝嘛！”

几杯下肚，气氛正酣。墨镜大妈突然拿着玉米棒子高歌了一曲，体育老师更是拿起餐巾纸作诗一首，二虎突然想到了什么似的，撸起袖子，喊了声“等等啊”就跑出门去，不知所踪。这般热闹的景象任谁看了都会发笑，我也被他们洒脱而真实的行为逗笑了。

也许是酒的缘故，这些平常无趣又无知的人们，模样竟都变得可爱了起来。

没一会儿，那只黄狗叼着一枝玫瑰卧倒在我的脚边。

我知道，这是童桦送来的祝福。

我拾起这枝玫瑰，因为酒劲有些晕乎乎的。这一次，玫瑰的根茎摸起来冰冰凉凉，不知道这回捡起童桦的玫瑰，又会做什么梦了。

第二十一章
爱老虎油

刚刚离开的二虎扛着一个投影仪走进院子，还叫来了另一个穿格子衫的男高中生当帮手，两人“哼哧哼哧”在院中支起了一块白布。

二虎扯着嗓子喊：“童桦镇经典节目，看电影！”

姜可乐高兴地跳起来：“我去喊他们都来看！”

院子里人越来越多，街坊邻居一听放电影都赶来捧场。还有人自带了一大袋瓜子分给大家。不一会儿，姜可乐叫来的一帮小孩齐齐坐在第一排，吵着要看《超人》。但小孩们的诉求并没有被大人同意，众人因为要点播什么电影讨论了好久。

最后，大家用击鼓传花的方式选出了有最终选择权的人——墨镜大妈。墨镜大妈大手一挥，说：“就放《泰坦尼克号》吧！”这回倒是没人反对了。

等电影一开场，大家瞬间都安静下来。投影机放出的光束穿过黑夜映在幕布上，使原本嘈杂的院子变得温柔。

我默默移步到院子的左侧，观察着每个人的侧脸。人们的脸上都带着微笑和惬意，显出无限的浪漫，这场景把我拉回了小的时候。

夏天，镇上有露天电影。初秋，会有戏班子来镇里搭戏台，唱大戏。

我和我的朋友们根本看不明白电影，也听不懂大戏，但最最期待的就是镇上的大喇叭喊出的方言：“乡亲们，晚上八点，播放电影，大家早点搬好小板凳，来找位子。”

这是夏天里孩子们最爱的时候，每当这时，全家老小，一人搬一把凳子在戏台下面占位子。有时，八点播放电影，五点的时候，就有孩子拎着好几个小板凳摆好一排，替没来的家人占位子了。

晚上，戏台处热闹极了。台上面的人在咿咿呀呀唱着听不懂的话，台下就是小夜市。卖雪糕的叔叔推着大自行车，后面绑着一个白色的泡沫盒，上面还裹着大棉被。我一直想不透，为什么雪糕那么怕热，叔叔还要用棉被裹着它？

3毛钱一根的大冰棍，爸爸都会给我买一根，我会故意吃得很慢很慢，在没有冰棍吃的孩子们面前炫耀个够。

此刻院中的景象和儿时的记忆并无多大差异。已经过了这么多年，童桦镇上还和我小时候一样悠闲，这里的人看上去都如此乐观豁达，满足于这一方土地，享受着平平无奇的一生。

电影演到一半，孩子们无心再看，一溜烟闹腾地跑出院子，去巷子里玩了。上了年纪的人开始嗑着瓜子唠起嗑来，只有几个年轻人还专心看着。电影彻底成了小镇生活的背景板。

从这一刻起，我开始对现在的童桦镇产生了好奇。

他们每天都是这样激情满满、无忧无虑地生活吗？正神游时，姜可乐拿着一把瓜子跑到我身边，然后把瓜子塞到我手里，对我说："程老师，这是蒋花花妈妈炒的，她想给你送瓜子又怕你凶她，所以就让我帮她送。"

蒋花花？哦，就是班上那个说自己看见过精灵的文静女孩，现在她正坐在院子的角落里偷偷瞄我。

我从姜可乐手中接过一小把瓜子，说："那你帮我谢谢她。"

姜可乐马上摇头，神色认真地说："不行，这忙我不能帮。童老师告诉过我，在这世界上，有三件事绝对不能帮别人完成！一件是帮别人说对不起，一件是帮别人说谢谢，还有一件是帮别人说……"

姜可乐抿住嘴不再说话。

我好奇起来，问道："说什么？"

姜可乐朝我摆摆手，我弯下腰后，他神神秘秘地在我耳边低声说："爱老虎油！"

"爱老虎油？什么意思？"

姜可乐双手叉腰，神色老成地说："程老师，你好笨啊，你连英文都不懂？"

我这才反应过来，爱老虎油就是"I love you"。我脱口而出："我爱你？"

姜可乐却误会我在跟他深情表白，他为难地揉了揉自己的头发，说："程老师，这句话可是很宝贵的，不可以随便说！虽然现在我还不爱你，但你不用太伤心，我已经喜欢和你玩啦，再过几天，我很有可能就会爱上你。"

这胖小子真是可爱得离谱。

我故意逗他："你都跟谁说过'爱老虎油'？"

姜可乐竟然真的掰着指头数起来："妈妈、爸爸、奶奶、爷爷、姥姥、姥爷、小白。小白是我家养的鹅，下次带你去看！哦对了，还有程爷爷、王阿姨，本来还想跟体育老师说来着，但他上次让我在操场跑了好几圈，我就不想跟他说了……"

为了方便和姜可乐讲话，我干脆坐在地上。姜可乐一边滔滔不绝，一边紧挨着我坐下，继续说："还有童桦老师……反正我和很多人都说过。"

"你不是说这是很宝贵的一句话吗？怎么能和这么多人都说？"

姜可乐被我问住了，他皱起眉头，然后指了指蒋花花，说："我本来还想跟蒋花花说呢！程老师，你说我该不该跟她说？我跟这么多人都说过'爱老虎油'，她会不会以为这句话不宝贵了？"

我想了想，说："不知道。你想说就说吧。"

姜可乐手掌托住下巴，眯着眼睛思考了一会儿，然后又说："我觉得还是要说，宝贵的话当然要说出去才能让别人知道有多宝贵，一直不说的话就没人知道了。"

“随便你。”我无所谓地说。

“老师你呢？你都跟谁说过‘爱老虎油’？”

这回换我被他问住了，我撇撇嘴道：“我不会说这么无聊的话。”

姜可乐也撇撇嘴：“随便你。”说完，他就朝蒋花花跑去，想来是去说那句宝贵的话了。

我刚站起身拍了拍屁股上的土，就见父亲拿着一大盘切好的西瓜走了出来，分给院中的人们。他朝每个人都笑了笑，然后再给对方递上西瓜。真不知道他为什么能对所有人都如此友善，难道善良也是一种天赋？

父亲把最后一瓣西瓜递给了我，西瓜的出现又在院中掀起了一个小高潮。看着热气腾腾的庭院，我不由的感慨出声：“真热闹啊。”只见父亲脸上又呈现出常见的拘谨：“你要是嫌闹……”

“不是，挺好的。”我赶紧说道。

“爸还怕这样打扰你写作。”他松了口气。

真不知父亲面对我时为何总是这样不自然，或许他太希望我相信他的童话世界，太担心我会讨厌他，所以才如此拘谨。犹豫一瞬，我抬起手扶在父亲的肩膀上，说：“爸，有影视公司说会买我小说的版权，以后我的故事也会被拍成电影了。”

他紧张地搓了搓手，问：“什么时候的事？太好了。”

他张了张嘴，想说什么却又没说出口，只是又重复了一遍：

“太好了。”

我捏了捏父亲的肩，这是阔别十几年的亲密接触。

他的肩膀已经这么瘦弱了。

我暗暗感慨，原来我早就长大了，比父亲还要高大。

“爱老虎油。”我默默在心底跟父亲说了一句宝贵的话。即使没真的说出口，也足够让我觉得尴尬难耐，看来宝贵的话还是不说为妙。

第二十二章
这里的生活

晚上，我把童桦送我的这枝玫瑰和之前的那枝一起放在窗台上。之前的那枝已经在干燥的窗台上被晒了很久，却依旧鲜活如初。童桦的玫瑰究竟为什么不会干枯？

这天晚上，我又做了个梦。

我梦到自己正坐在一列空荡荡的火车上，火车里只有一个座位，也就是我坐的那个。列车里没有窗子，却充满阳光。我的座椅旁边，全是一团又一团或大或小的白色棉花，只要一碰到这些棉花，它们就会变成彩色的，有的变成红色，有的变成蓝色，还有许多种我从未见过的颜色。于是我开心地在长长的列车里跑了起来，边跑边触摸着每一朵棉花。很快，列车里就塞满了五颜六色的棉花，紧接着棉花又全部变成了花朵。列车成了一个大花园。

突然有个声音说："快坐好，你这个疯子！"那似乎是童桦的声音。于是我赶紧坐回椅子上。一根藤蔓从椅子底部长了出来，变成安全带系在我的腰上。左右两根藤蔓扣住的一瞬间，我的身体慢慢地变成七八岁小孩子般的样子！正惊奇时，火车两边的墙都变成了透明的玻璃！我这才发现这列火车正飞在空中！就在火车穿过云层，冲向一道巨大的彩虹时，火车突然大力地震动起来，像要破碎一般。两侧的玻璃墙出现了裂缝，身下的椅子也不停地颤抖！我害怕地抱住脑袋。就在这时，梦醒了。

这真是个奇怪的梦。我终于确信梦境和现实的关联，那就是——童桦送给我的玫瑰。每一次收到她的玫瑰，我都会做奇异的梦。我并不指望从童桦嘴里问出什么，她最擅长故作神秘地转移话题。

第二天去学校时，听体育老师说，童桦请了长假去处理私事，姜可乐却偷偷告诉我，童话世界下了大雪，童老师请了好几天假是回童话世界玩雪去了。这已经是不知道多少次从可乐嘴里听到童话世界，他对童话的痴迷程度堪比我的父亲。我要是再反驳他说的话，会显得我也很固执，于是我不再反对他口中的“童话世界”，我微笑地点头，假装自己已经相信了他说的话。

上课时，无话可说的我把这个关于火车的梦讲给了一年级一班的孩子们。没想到他们都很喜欢这个故事，纷纷问我：“后来呢，火车碎了吗？”

“那道彩虹比我们平时见过的都大吗？”

“你变小之后，衣服也缩小了吗？”

“你坐的是谁的火车？程爷爷的火车也会飞，但绝对不会碎的。”

一堆问题朝我涌来，我赶紧摆摆手，表示后面的事情我并不知道。孩子们全部唉声叹气，催促我赶紧再梦一次。

原来和小孩子处好关系如此简单，只要一个好玩的故事就可以。看着一张张失望的、扭成麻花的小脸，我第一次觉得，给小孩讲故事也蛮有趣的。

即使我并不想花过多的时间在对写作无用的工作上，但由这个故事开始，我被孩子们接受了，我“老师”的身份也由此走上了正轨。

孩子们央求我每天好好做梦，并在课前讲一个短小的故事。

编出孩子们会喜欢的故事属实是件难事，于是我就把讲故事的机会让给了想听故事的人。每节语文课课前，我都会抽出5分钟，邀请一个孩子上台讲一个故事，这个本因为我“消极怠工”而产生的环节，意外地受到孩子们的欢迎。班里依旧有个别孩子说自己坐着我父亲的火车通往了童话世界，我把这种说辞当作一种别具一格的天马行空。

我没有再做什么奇怪的梦，也没有再出现任何幻视，随着童老师的离开，几天前发生的怪事也彻底从我的生活中消失了，这更让我确信她是一个高级的催眠师。

我静静等待着关于我作家身份的好消息。那位说会有人买我小说版权的编辑再没有联系我，或许他正在跟别人洽谈怎么把我的故事卖个更好的价钱。我没有像冲动的小年轻一样主动询问他事态的发展，我坚信真正有价值的东西不必急切着被估价。

小镇里的人们始终热情着，我也始终以怀疑的心态观察着他们的热情。

我一度认为热情是一种阴谋，因为我坚信世界上不会有无缘无故的热情，但他们伪装得太好，让我没有发现什么破绽。他们或许早已看穿了我的怀疑，却依旧热情地对待我。

后来，我发现那些曾热情地跟我打招呼的人并不是我学生的家长，他们并没想从我身上得到什么，这让我生出一丝惭愧。

体育老师每天都会送我一条咖啡，准确地说，他是给办公室里所有人都送了。他偶尔会叫我和二虎一起打篮球，碍于他的咖啡，我没好意思拒绝他的邀请。简单的篮球赛打起来也还不赖。

姜可乐热衷于对着空气说话以及告诉我关于小镇的事情。比如墨镜大妈一直戴着墨镜不是在装酷，而是因为她的眼睛对阳光过敏；那棵山丘上的榕树很怕鬼，所以童老师在树旁边立了盏路灯给树安全感；学校里孤独的向日葵和一支蒲公英开始了一场随风的异地恋；池塘里的海盗姐姐去了北冰洋打猎……我建议他把这些奇思妙想写下来，于是他开始当一个小作家。

人们经常会到我家蹭饭，然后留下一些水果之类的东西再帮忙洗完盘子。我逐渐开始感谢他们，他们的出现让我和父亲在餐桌上不至于太过安静。

半个月的时间，我终于窥探到一点关于童桦镇的真相，友好是这里的常态。世界上是有无缘无故的善良的，那是人类的天赋。

我和父亲的关系也有所缓和，因为我们都对“童话”闭口不言。我偶尔会跟父亲讲讲学校里的事，父亲则说说他种的茄子、豆角的长势。两个男人之间本来就没什么可聊的，我现在能够坦然面对这种男人间该有的沉默了。

我几乎接受了童桦镇，已经不那么抗拒这里的生活。

如果你现在问我到底有没有童话世界，我只能说，我觉得它可能存在，是一种近乎没有的可能。当我没办法确切地判断一件事是否真实时，我就会选择忽略它。同时，我也忽略了父亲身上难以理解的那部分，他依旧每天都去那道铁轨清扫，我没有再因为这个和他争吵，我把“忽视”看作一种理解。我们成了世界上最最普通的一对父子。

我依旧没有创作的欲望，每晚我都尝试着写些什么，最终每个蹩脚的灵感都无疾而终，这让我很焦虑，我开始期盼童桦赶紧回来，送我一些玫瑰，没准儿我可以从奇怪的梦里找寻到一丝有趣的火花。

星期三这天，我收到了三个消息。

一是体育老师邀请我参加他的婚礼。

二是童桦将要回来参加体育老师的婚礼。

三是那个想买我小说版权的老板破产了。

我很快就消化了第一、第二个消息，只是第三个消息荒诞得让我发笑。

如果说运气也是实力的一部分，那我的实力真是差到家了。

第二十三章
一场婚礼

这是我第一次听说有人的婚礼在小学的校园里举办。

和我记忆中童桦镇传统的步骤烦琐的婚礼不同，体育老师和他的妻子在操场上举行了一个派对。没错，派对。当然不是穿礼服喝香槟那种，是其乐融融的中式派对。

周六这天一早，我就被姜可乐拽到学校，并翻墙进去“偷窥”婚礼的现场布置。只见操场中央搭起了一个乳白色毛线织成的巨大婚礼拱门。拱门下是一片长形的嫩绿草地，草地两旁种满了淡黄色、淡绿色的小花。我摸了摸那些花草，不知是什么材料制成的，跟真的一样。操场上摆了七张圆桌，却不见一张椅子。七张桌子上分别铺着赤、橙、黄、绿、青、蓝、紫的彩色桌布。这怪异夸张的风格在婚礼现场却显得无比和谐。

据说，场地和派对都由童桦帮忙策划，此刻却没见到她的身影。她昨晚才赶回童桦镇，只用一晚上的时间就完成了这些？这巨大的拱门是怎么来的？还有这些草坪和花，得多少人才能布置得完？

我凑近那扇用毛线织成的巨大拱门，突然发现拱门左侧下摆处，刚刚还纯白的部分，不知何时被织进去了淡粉色的花纹。我揉了揉眼睛确认自己有没有看错，只见粉色的花纹正快速向上延伸！我还想继续去看看时，姜可乐推着我说："快走快走，童老师说了，婚礼开始之前不能有人进来偷看她的布置，咱俩要是被发现的话就惨啦！"

说完，一身黑裙的童桦就出现在我们身后，迅速把我们轰了出去。"下午五点前，绝不可以再进入我的婚礼现场！"她又命令道。

此刻的她虽然还是一身黑裙，看起来却比之前更具活力。姜可乐拽着我逃之夭夭，说："还好童老师看过雪后心情变好了，不然咱俩偷偷溜进去看，可要被骂惨啦。"

我从未如此期待过一场婚礼，还是别人的。

童桦会把现场布置成什么样，她是怎么一个人完成布置的？那粉色的花纹是怎么自动延伸的？

我强迫自己暂时忘记小说无法影视化的坏消息。毕竟我是个作家不是吗？我只要好好写故事就好，能不能拍成电视剧跟我关系并不大。我乏味地安慰着自己，好在镇上的气氛叫我转移了注意力。

一整天，整个小镇都喜气洋洋的，宛如今天是所有人的新婚之日，大家都被邀请到学校参加这场"盛宴"。两位新人手写的卡片上，特别标注不需要带礼金，这又叫我对体育老师改观几分，刚开始我竟然还误解他对我的热情是因为想要礼金。我终于察觉到自己需要纠正无谓的傲慢与偏见了。

下午四点三十分，已经有很多人聚集在学校门口，等待着校门打开。每个人都面带喜色，捧着自己的礼物篮。有人拿着花，有人拿着自己做的饼干，有人送了自己织的小地毯……父亲把他自酿的酒拿出来装在好看的玻璃瓶里作为礼物，并在上面绑了个大大的蝴蝶结。姜可乐准备在现场给新郎新娘画一幅可爱的画，可我实在想不到该送什么礼物，只得先两手空空地站在一边。

四点五十五分，学校的大喇叭里传出了甜蜜的歌——《月亮代表我的心》：“你问我爱你有多深，我爱你有几分，我的情也真，我的爱也真……”歌声浪漫缱绻，所有人都放下手中的事物，静静听了起来。

下午五点，那位胖胖的门卫穿着西服，将学校的大门缓缓打开。孩子们率先跑了进去，发出一阵阵惊叹声。原来是操场上摆着一个巨大的花车，上面红色的玫瑰花堆成了小山。

童桦站在花车旁，朝姜可乐招了招手，在他耳边说了些什么。然后姜可乐就成为“送花使者”，将这些玫瑰分发给来参加婚礼的人们。相信所有拿到玫瑰的人，今晚都会有一个甜美的梦。

我也接过一枝玫瑰，然后环顾整个婚礼现场。童桦宛如把一个巨大的花园搬到了学校里，她是怎么做到的？！

在所有人惊异之际，二虎走上台，拍了拍麦克风：“各位可以选择自己喜欢的颜色的桌子落座，当然，嗯……呃……没有椅子就坐地上。”

二虎是这场婚礼的主持，或许是因为太过紧张，他讲得磕磕绊绊，制造了不少笑料，让本就热闹的现场更加快乐。

我和父亲一同选择坐在蓝色的桌前，蓝色是母亲爱的颜色。

这里连草地都散着暖意，整个婚礼的布置叫人忘了此刻正值深秋。接下来的流程就正常多了，新郎新娘上台互换戒指，在浪漫的乐声中虔诚地诉说爱的誓言，害羞地亲吻彼此。一束黄昏般的橙红色灯光突然照在新郎新娘的身上，像是时光将他们二人包裹在一起。台下的人纷纷屏住呼吸，不愿打扰相爱的人这美好的一刻。

浪漫的环节结束，二虎非要喊人上台展示才艺，气氛又活络起来。墨镜大妈劲歌一首，二虎拉了个二胡，还有孩子们自告奋勇上台唱了儿歌。在和二虎对视的那一瞬间，我就意识到不妙，果然下一秒就被他拽上了台。台下大家都向我友好地笑着，面露期待。

我一向最恨在台上说话，本想飞速逃离尴尬，但在看到新郎新娘紧紧相握的手时，我改变了主意。我念了一首罗塞蒂的诗。

I loved you first, but afterwards your love outsoaring mine.

虽然我先爱你，但后来你的爱却超越了我。

For one is both and both are one in love.

因为真爱就是你我同心。

Rich love knows nought of “thinc that is not mine”.

丰盛的爱不分彼此。

Both have the strength and both the length thereof.

所以我们才有力量走向永恒。

Both of us, of the love which makes us one.

你和我，因为爱，成为一体。

一首诗读完，小镇的人们都鼓起了掌。

体育老师和他的新娘朝我深深鞠了一躬，真挚地说：“真好，谢谢。”

我摆摆手逃离了人群，躲在角落，视线总忍不住去看那对相爱的人。我想，我变了许多，从前的我并不会因为别人的爱而动容，此刻我却充满感慨以及艳羡。

童桦找到了角落里的我，她望着那对幸福的新郎和新娘，淡淡一笑：“这是我第 1200 次参加婚礼。”

我没有质疑。浪漫弥漫的时候，人们说什么都值得被相信。

真是甜蜜的一天，我也笑了起来。

婚礼一直进行到了深夜。仪式结束后，人们就在学校里跳起舞来，学校的大喇叭成了伴奏的最佳利器。保安大叔点亮了校园内所有的灯，这是一场我从未感受过的浪漫狂欢。

大人们泡在酒里，无忧无虑。孩子们则把婚礼上的小点心挨个儿吃了个遍。老人们盘腿坐在草地上嗑着瓜子，吃着杏干。

深夜，墨镜大妈提议要打麻将，微醺的人们险些把麻将桌搬进学校，还好胖门卫及时制止了这荒唐行为，于是……人们在学校门口支起了一张麻将桌。

这里的氛围太过快乐，我忘记了一切忧愁。

我觉得自己爱上了童桦镇，就在今夜。在玫瑰花瓣里，在草地上，在无厘头又浪漫的婚礼中，在和宇宙相接的繁星之下，在父亲的身边。

第二十四章
被放弃了

第二天宿醉起床，头痛欲裂。父亲给我递上一杯蜂蜜水后，又去清扫他那条铁轨了。

昨晚我是怎么回家的？记不起来了，最后的记忆是我醉醺醺地举着酒瓶，站在台上非要给大家念我的小说，但是没有人听，因为大家也都醉了。我不由得笑了起来，没人听也没关系，醉汉是应该被宽恕的。

脑内灵光一现，我可以写一本关于小镇的小说！没错，开头就是一场无厘头的婚礼！我兴奋不已，口干舌燥，已经很久没有这样的创作冲动了！家里没有找到任何一张纸或一支笔，哦对了，上次没写出来生气时，我把家里的纸和笔都扔了。

我穿着睡衣、拖鞋就匆匆地跑出门去，向墨镜大妈借了本子和笔，在桌上奋笔疾书起来。没错，是这种感觉，那个关于小镇的故事在我脑海中逐渐成形，我的笔尖好像也快活地跳起舞来。我边写边想，得去搞台电脑来了，手写终究太慢。

我从早晨写到傍晚，完全忘了吃饭这件事。

我像是新生的孩子一般，对自己的故事充满好奇，接下来怎么样呢？对，接下来……

这时，父亲敲了敲我的门，说："程尧，吃完饭再写。"

我依依不舍地放下笔，走出门去给了父亲一个大大的拥抱，父亲脸上惊异的表情让我心情变得更好，我哼着歌夹着菜："爸，这回我想了个好故事。"

父亲把菜盘往我这边挪了挪："工作重要，也不能总是忘了吃饭。"

我点点头，猛塞一口米饭。

我有预感，这会是个好故事。没有什么事比一个作家想到一个好故事更令他兴奋了。我飘飘然地想着，即使我的小说不能拍成电影，但我马上就会出新的畅销作品，想要跟我合作的人会越来越多。谁说归乡的人就是失败者？感谢童桦镇，让我的大脑有了新的生命！

吃饭的时候又蹦出很多点子，如果在小镇中加入一些悬疑元素的话，肯定会更有看点。对，我要写个女人，童桦这样神秘的女人。我得赶紧把想法记录下来，免得它溜走。快速吃完一碗饭，我急着站起身，对父亲说："爸，你收拾吧，我得赶紧写了。"

这时，袋里的手机震动起来，是编辑打来的。哈哈，时机正好，我终于可以告诉他们我要开始写新的作品了！跟了我几年的编辑常督促我创作，这回总算能有底气地面对他了。

“喂？”我的声音带着笑意。

“程老师，您好。”是编辑小李。

“嗯，怎么了？”我嘴角的弧度更大了。

小李沉默的片刻，我先兴冲冲地宣布了我的好消息：“我开新文了，一个奇妙的小镇，这里……”

“程老师。”电话那头的人轻声打断了我。

“嗯？怎么了，你先听我说完，这个小镇有很多神秘的事情……”

“程老师，我司经过多方考量，决定和您解除签约关系，抱歉。”小李直接盖过我的声音，一鼓作气对我的职业生涯做了宣判。

我被解约了。

一头冷水迎面浇下。

父亲还在我的身边，我隐忍着脾气，走出院门，努力显得礼貌：“再给我些时间，我会交出新小说的，我已经在构思新的作品了。这回一定会是个好作品。”

小李叹了口气：“不好意思，程老师，这是公司的决定。”

尽管知道小李也只是公司职员，对决策没有任何作用，但我还是发了脾气：“写作是件需要时间的事，你们懂不懂啊？！”

我提高音量，一脚踹在了墙上。电话里的人还在讲：“具体事宜还会有其他人来和您对接……”

“啪”，我不想再听，把手机狠狠扔在地上。

手机屏被砸个粉碎，碎渣子却还连在一起，没有落下一块，更惹得人心烦。

我烦躁不安地揉了把头发，在原地转了两圈，稍微冷静了些。

我知道自己不该发脾气，但却无法控制。当一个人尝过成功的滋味，后来再被明确判定为“失败”时，很难忍得住脾气。尤其在我激动得想要重新开始创作之际。

“写作是件需要时间的事。”刚才，我是这样控诉他们的审判的。

提高音量究竟是我的怒意，还是虚张声势?

“程尧？怎么了？”父亲听到动静，走过来向我询问。

我终于停下了转圈的脚步，不耐烦地回了一句：“没事。”

父亲似乎有些担心，想继续问：“是工作……”

我打断他，不想让父亲看到我的表情，我也不想看到父亲的表情。我侧过头去，快速从他身侧走过。

回到自己的房间，我才感到安全。

羞耻感盘踞在我的心头，在我刚刚准备接受小镇生活时，就被出版社拒之门外。在我刚刚有了新的灵感时，却被判除了“作家”的身份。现在，除了童桦镇，我似乎无处可去。如果我是主动放弃写作，那还有可能给自己找借口，说是因为状态不好，想要休整。可现在，我是被别人放弃的那一方，这让我无比愤怒！我像个垃圾一样被扔掉了。

我的骄傲在那一瞬间被完全粉碎。我成了无业游民。

多么讽刺，34 岁，我失业了。

当年离开小镇时，我曾偷偷幻想过自己的生活——30 多岁时，我可能已经有了别墅、妻子、孩子，还有一只狗，共同组成一个温暖的家。可现在呢？我什么都没有。只有每个月需要交 6000 元房租才能住的蜗居，一辆开了几年的车，一堆废弃的文稿，和许多没有人看的、埋在文件夹里的故事。

我想要成功，我想要被羡慕、被敬仰，想要让别人觉得我是衣锦还乡，想要父亲明白他的儿子多么优秀！可是，这一切都只是空想罢了。我颓唐地坐在床上，感到虚无。我把一整天写好的成果撕成碎片，揉成一团，狠狠地扔进垃圾桶里。没人在意的文字，只是垃圾罢了。

这么多年来，工作、稿件、甲方是我生活的全部。突然再也没有这些，我的生活该被什么填满？我就这样在床上坐着，坐了许久，久到院子里屋檐下吊着的灯都已经亮起。

天都黑了。

父亲敲了敲我的门，问道："程尧，有时间吗？"

我咽了咽口水，努力让自己的声音听起来不那么颓废："怎么了？"

"出来一下。"

我透过窗子，看到那根用细线吊着的灯泡，在屋檐下摇摆，还有些在深秋残喘的蚊虫绕在灯光两侧。

我在做什么？我该做什么？

父亲又敲了敲门，语气中带着关心："尧尧？"

我终于起身，面无表情地拉开房门。

父亲面露担忧地问我："明天……想吃什么？"

一句简单的询问，却不知牵扯住了我哪根神经，一股无名火蹿起，我不耐烦地说："别问我，我不吃！"语气里满是烦躁。

喊完之后，我亦愣住。父亲显然也被我莫名其妙的情绪吓到，再一次露出不知所措的表情。

我干脆破罐子破摔，向父亲喊道："我被编辑开除了，你高兴了吧！"说完，转身就要回房。

父亲却突然拽住我的胳膊，说："程尧，跟爸出去一趟吧。"

又是这句话。这陈词滥调，数年前我就听过了。

父亲敲了敲我的门，我缩在床上，把头埋在膝盖里正哭着。

我没想过死亡会在我家出现，我只知道死亡是永远不能再见面的分别。

想到永远不能再见妈妈，我恨死亡，死亡只能留给还活着的人痛苦和不舍。

"尧尧，跟爸出去一趟吧。"从医院回家后，我就躲在房间里，父亲隔段时间，就来门口唤我。

我抹掉眼泪，终于出门。我看到父亲眼睛都没有红，他不怕永远不能再见到妈妈吗？

"尧尧，晚上想吃什么？"父亲问我。

我歇斯底里地喊："妈妈死了！我也不想活了！你为什么

还想吃饭？！”

我知道，医生说了，妈妈治得早的话，是能活下来的。都怪爸爸，都怪他，他那么爱工作，他那么爱自己的火车，却连手术费都凑不够！

父亲沉默了片刻，只会叫我的名字——“尧尧”，像母亲叫我时一样。

我又躲进了房间，爸爸就在门外低声说，他说童话世界里，有一面能看到过去的镜子，等我想妈妈的时候，可以去那儿看她。

我用双手堵住耳朵，却还是不由得想着爸爸说的那面镜子，真的有这样一面镜子吗？

爸爸还在门外喊我。

我犹豫了片刻，重新走到他面前，问：“真的有这样的镜子吗？”

爸爸说：“有。”

20 年前的回忆浮现，当年父亲叫我出去后，说母亲去了天堂，说童话世界里，有一个能看到过去的镜子，想妈妈的时候就可以去看。当年 14 岁的我选择了相信他。可实际上呢？根本没有童话世界，根本没有那面镜子！妈妈永远地走了，我也不会再傻了。

今天，他又要说什么呢？继续说他的童话世界吗？

我皱着眉问：“去哪儿？”

他说：“出去走走。”

第二十五章
儿子的书

我和父亲一前一后走着，父亲带我走到了铁轨处。

我们都沉默着。

我在等，在等父亲说他的童话世界。

我盯着铁轨处的路灯，故意一言不发。

父亲在我小时候常常站着的位置停下脚步。

他说：“程尧，你还记得你小时候常常喜欢站在这里等爸爸吗？”

我点点头。

父亲说：“爸爸开了一辈子火车，也只会开火车，你和爸爸不一样，你懂得很多。但我知道，无论你的生活多么艰难，请正视它，别逃避它，也别咒骂它，它并没有你想得那么糟糕。”

我有些烦躁，说大道理谁不会啊？我语气不耐烦地打断了父亲：“怎么了？”

父亲叹了口气，问我：“尧尧，工作还顺利吗？”

我不愿让父亲知道我的窘境，只说：“还行。”

“你还记得小时候，爸爸给你讲过的童话故事吗？”

我冷笑，开始了，又开始他关于童话的长篇大论了！

“不记得。”我说。

“从前，在童话世界里，爸爸遇到过一个像你一样的青年作家，他……”父亲两手背在身后，竟然讲起了童话故事。

可笑！

我越听越生气：“别说了！”我喊出声来，“童话根本就没有用！”

父亲被我打断，不知所措地看着我。

“尧尧……你心情不好？”父亲面带担忧地问我，“是不是写作不顺利？”

“是！我写不出来，我没你会写，我没你会编故事！童话世界，童话世界！这个世界上，根本就没有童话世界！程中海，你还不明白吗！根本没有童话世界，你不要自欺欺人了，妈死的时候你就这样骗我，现在还要讲吗？！你这辈子，除了编童话，还会做什么？！但凡你像其他父亲一样，多挣点钱，妈也不会死！我根本不想听童话！童话都是假的！那是你给自己造出来的桃花源，是你躲避现实的乌托邦！”我语无伦次，毫无逻辑地控诉着。

“程尧！”父亲喊住了我，他脸都急红了。

“爹没钱，儿子就得有钱，我拼命赚钱，给你花你也不要，我写的书出名了，你知道吗？你关心过我吗？你关心过妈妈吗？我不相信你的童话了，你就不爱我了！你要的不是儿子，是信徒！你只知道童话世界！因为你是个懦夫！现在我失业了，就是个失败者，我跟我爸一样，是个彻头彻尾的失败者！我活着还有什么价值！”这么多天来，这么多年来，积攒下来的情绪全部被我喊了出去。

心口有一把火，我恨不得把自己也烧死。

“程尧，你怎么会变成这样！”父亲终于发了火。

他给了我一巴掌。

我的脸被父亲的手打偏过去，慢慢转过头来，震惊地盯着父亲的手。

父亲的手僵在空中，面露充愣，嘴唇微抖：“你不该拿生命发脾气……”

我看到他红了眼眶。

不知父亲是否后悔，反正我后悔了。但刚才的话已经说了出去，我强撑着站得笔直，恶狠狠地转过身去，背对着铁轨，逃离了父亲。

“呜……呜……”

我再一次听到火车的汽笛声，这一次，我没敢回头。

第二天，我和父亲一整天都没有说话。

早上的时候，我听到父亲出门了，才走出卧室。我像个熄了火的炮仗，瘫在沙发里，盯着电视发呆。

中午时，一听到大门有动静，我就又逃回卧室。

等下午父亲出去，我再溜出卧室，吃完父亲放在桌上的饭菜。

小时候干了坏事时，我也是这样子躲父亲的。这个年纪了，我还在干同样的事。

我担心父亲会突然回来，为了避免尴尬，我准备躲回车里，重新思考是否要留在童桦镇的事。

临出门时，发现父亲连厨房的灯都没关。我有些讶异，父亲这样勤俭的性子，竟然也会忘了关灯？是受了我的影响，才心不在焉的吗？

我心中生出愧疚，拿手撑着右脸，回忆着父亲上次打我是什么时候。

似乎是高中，我正值叛逆期，不好好学习，跟老师顶嘴，把老师气哭了。老师家访之后，父亲也打了我，当时他说人要尊重老师，尊重课本。后来我憋着一股气，为了跟父亲证明自己，考上了不错的大学。

父亲很少发脾气，母亲离世后，我常常故意和父亲对着干，父亲大多时候都默默忍受着，只有触碰到原则问题时，他才会真的生气。

昨天父亲打我，是为什么呢？因为我拆穿了他的乌托邦吗？

我坐在车里发着呆，总觉得车内有什么东西很奇怪，细细查了一遍，才发现了这片叶子。

还记得刚回童桦镇时，有片大叶子落在我的车窗上被我捡进车里。今天，这片叶子看起来比捡起来的时候，绿了许多，不像是落叶，倒像是从树上新摘下来的叶子。

我拿起这片落叶，捏着根茎转动着看，叶子竟然自己飞出去贴在了车窗上。

什么情况？车里哪来的风？

我把叶子从窗户上拿下来，它又自己飞着贴在车窗上，像是想钻出车窗一般。我开始怀疑自己是不是又在做梦了。

打开车窗，叶子直直地飞了出去。

追还是不追？我一咬牙，不再去看，结果这片叶子竟然又飞回车窗外，停在半空中旋转，似乎在喊我跟它一起走。

这是怎么回事？

叶子越转越快，甚至带出了一阵小风，然后开始绕着我的车旋转。突然，我听到一声“喵”。

哪来的猫？我不由得想起之前在梦里见过的那只肥猫。难道……那不是梦？

没有在车周围找到猫的身影，我下定决心，跟着这片叶子一起走。

叶子慢慢地朝一个方向飘着，我心跳如鼓。叶子、童老师、火车的鸣笛声、梦里的拇指姑娘、婚礼上自己织好的拱门……这些究竟都是怎么回事？

叶子竟然飘回了我家，飘进了父亲的卧室。

我犹疑着跟上，叶子速度渐渐变慢，缓缓地，缓缓地贴在了父亲书柜的玻璃上，不再动了。

我把叶子从玻璃上摘下来，看到叶子后面贴着一张纸条，上面是父亲的字——“儿子的书”。

这个柜子里放着的，都是我的书，有第一版、再版，还有刊登着我的采访的杂志、一些放了我短篇小说的合集。有些连我自己都不记得，父亲竟然……都存着。

柜子的旁边，还有我从小到大的奖状，三好学生、优秀班干部，甚至还有我小学时候写的作文本，高中作文大赛获奖的新闻报纸。

这里放着的，是我所骄傲的一切。

所有的这些奖状、纸张、书本皮上，依旧是父亲用透明胶带粘好的保护膜，书页里也都干干净净。父亲向来没有在书上画东西的习惯，因为他觉得书是神圣的，是需要保护的。我也只有在小时候才会在书上画东西，长大后，不知不觉间就同父亲一样，不自觉地保护起书本来。

我从来都不知道，父亲竟然看过我的故事。他从来没跟我讲过。

还记得我第一部作品成功后，人生中第一次举办还算盛大的签售会，我怀着期待请父亲来参加我的签售会，他却说自己要值班，走不开，因此没来参加。从那时起，我就以为父亲对我的事业和小说并不在意。我以为在他眼里，我没有他的火车和童话世界重要。

原来，他一直在默默关注着我的生活，在不言不语中，静静望着我。

此时此刻，我更加后悔。要是那天没跟父亲吵就好了。

父亲他……觉得我的故事怎么样？我的后悔、感动中还掺杂有一丝羞耻。我有些害怕父亲看过我的文字，怕他觉得我写得不够好，怕他从儿子的文字中，看出我拜金的想法，看到那些我为了赚钱，不经大脑打出的文字。

我关上了柜门，拿起这片指引我到这里的叶子。

想起了梦中那只自称国王的猫说：“这是谢礼。你最喜欢的。”所以，这些书才是他给我的谢礼吗？

我脑内乱作一团，已然分不清那只猫到底是不是梦。这片叶子显然已经无法用科学解释，难道，真的有童话世界？

我轻轻把书柜整理好，指腹在父亲写的“儿子的书”上蹭了蹭，迈着沉重的步伐离开了父亲的房间。

这时，我看到茶几上摆着已经修好屏幕的手机和被用胶带粘起来的熨平的纸——那是我生气时扔了的故事。

此刻内心五味杂陈，这些是父亲做的？

傍晚，等整个房子都亮着让人冷静、清醒的白炽灯后，我才努力从繁杂的思绪中抽离出来。

我再度拉开那个装满儿时回忆的抽屉。童老师说我失去了一段记忆，我猜应该就是我七八岁的记忆吧。

我从抽屉里拿起那枝用易拉罐做成的玫瑰，这是我几岁时做的呢？应该也是父亲帮我做的吧。那幅写着 1995 年 9 月 24 日的画，又是在什么情境之下画的？

还有那粒刻着穿披风的小姑娘的石头，难道是她？那个拇指姑娘。我小的时候就见过她吗？在哪儿见过，也是梦中吗？还记得之前梦中，她告诉我说，她只有十二点的时候可以来。现在想想，曾经梦到她确实也是中午十二点和晚上十二点。

我看了看时间，不由自主地想，不知今晚可以见到她吗？如果见到的话，我一定要问问，童话世界真的存在吗？月亮去哪儿了，云又是怎么挂上去的，她认不认识我的父亲？

不知不觉间，我竟然已经相信了拇指姑娘说的话，我不是一向坚决不相信童话的吗？

我翻开回家第一夜时看的那本《拇指姑娘》，盯着书页上拇指姑娘的插画，自嘲地一笑，从什么时候起，我竟然也像孩子一样相信精灵了。

就在我想说服自己不要把作家的想象力带入生活时，却突然发现书页上有一串米粒大小的脚印！我拿手对着一个“小米粒”蹭了蹭，竟然蹭掉了！

我揉揉眼睛，把书放在灯光下，这串明显蹚过水、踩过土，又湿又脏的脚印分外明显。

这，这是怎么回事！这是谁的脚印，还是谁的恶作剧？难道是那个拇指姑娘的？她不是梦？

我冲进车里去，想寻找有关拇指姑娘的痕迹。梦中她做过什么？对了，她朝我的身后开了草莓味的枪。我嗅了嗅，空气中已经没有草莓的味道。

我不死心地举着手电筒，仔仔细细查看车内还有没有小脚印。

在查看到后座时，我看到我的皮质座椅上，有一个像被烙印上去的淡粉色草莓图标，我摸了摸那块凹凸不平的草莓，心中一阵慌乱。

我确定，这就是她开枪的方向。

第二十六章
那是我的海洋

整晚，我都惴惴不安，等待着今夜十二点。希望自己能进入梦境，看到拇指姑娘，证实童话世界到底存不存在。

我还是没和父亲说话，心中纠结着想要道歉，却不知该怎么说出口。如果童话世界真的存在，我该如何面对父亲？这么多年对他的错怪，是一句道歉就能解决的吗？

晚上十一点五十九分，我依旧毫无睡意，心中慌乱，迫切地想要睡着，能再次梦到拇指姑娘。不做梦的话，就见不到她了吧。睡眠是个调皮的孩子，他常爱跟大人们玩捉迷藏，你越想找到他，他就越不出现。

无法入眠的我盯着眼前《拇指姑娘》的童话发呆，余光突然瞟到屋内窗帘的一角竟然自动翘了起来。

我一下子从床上站起，怎么回事，难道我已经在梦中了？

“快把灯关掉，好疼！”是她的声音，她真的来了！

“快点！”她躲在窗帘后面不出来，只有怒气冲冲的声音传出。

关灯？为什么？我虽不解，却还是把灯都关掉了。屋内瞬间一片漆黑，我拉开窗帘，朦胧的月光下，只隐隐可见她蜷缩在窗边小角落的模糊轮廓。

“你是谁？”我声线微抖。

“你被开除了？”她缓缓站了起来。

我紧张地问：“你怎么知道？”我赶紧又问，“这是梦吗？”

“当然不是。”她依旧穿着黄色的披风，“你已经可以不做梦也看得见我了。因为你已经相信了我的存在。”

我掐了掐自己，疼。这真的不是梦？这世上真的存在着拇指大小的姑娘？

她走到我的面前，踮起脚尖，但并没有任何作用，她小小的身子还是离我很远。

“为什么你要用白色的灯，你不知道白色的灯光会让我们疼吗？”她抱怨道。

原来如此，原来父亲所说的，黄色灯光在童话世界中代表幸运，是这个缘由。

“抱歉，我不知道你害怕白光。”我柔和下来，或许是因为我终于窥探到了父亲世界的一角。

我把灯泡换成了黄色的，她始终坐在窗台上安静地看着我。

等房间里弥漫着黄色的光，她才起身，拉着窗帘助跑，一下就跳到了书桌上，再一跳，就按开了台灯。

昏黄色的灯光以台灯为圆心铺洒开来，她黄色的披风在浑黄的灯光下呈现出橙色调，连带地让我觉得这个脾气不甚友好的“小刺猬”也温顺起来。

她恰好站在灯泡下，仿佛那就是她的舞台。她扛起一直挂在身上的枪，眉飞色舞道：“嘿！今天的枪是芒果味的！要试试吗？”说着，她就朝着我身后的白墙扳动了扳机。

“嘭！”浓烈的芒果气味充满了我的房间。

“尝尝。”她一抬下巴，虽然对我颐指气使却并不叫人为之生厌。

我凑到白墙上去看，墙上真的有一个芒果形状的印记，散发着芒果甜腻的气味。我抚过这颗代表着“真实”的芒果，刚才心中澎湃的“惊讶巨浪”已经缓缓平息。

是真的吧，这个世界真的存在着精灵，父亲没有骗我。

我把手伸到她的面前，等她跳进我的手心后，我问：“你叫什么？”

她把枪扛在肩上，活像个霸道的女海盗，她皱着眉：“你竟然还没想起来？童桦没给你看她那枚胸针吗？”

我充愣地摇摇头。

她在我的手心盘腿坐下，对我说：“我现在叫爱丽丝，没错，就是和你想的那个姑娘一个名字，梦游仙境的那个。至于我以前的名字，你不用知道了，你就当爱丽丝是我的新名字吧。”

我把爱丽丝轻轻放在桌上，问她：“你说童桦的玫瑰胸针？”我想起了那枚童老师一直戴在身上的，会偶尔闪光的玫瑰胸针。

爱丽丝点点头，说：“那枚胸针能帮你回忆起遗落的记忆。”她又补充道，“8 岁的。”

我问出了我最在意的一个问题：“童桦她到底是什么人？”

爱丽丝支着下巴想了想，说：“嗯……这个我也不知道，从我出生她就一直在了，十几年了，容貌都没有变老，我听老猫说，她已经活了有 3000 岁。”

老猫？ 3000 岁？

没等我问出口，爱丽丝就很善解人意地告诉了我：“就是那只戴着皇冠自称国王的老猫。”

哦，原来是他。看来之前所有梦到过的事情，都是真的了。

我的认知受到了巨大的冲击后，大脑干脆宕机，丝毫没有心情去捋之前每个梦发生了什么，以及传闻活了 3000 年的童老师的身份。

我脑中只有一个问题：父亲口中那列只有幸福的人才看得见的火车，也是真的吗？

爱丽丝带我走到我童年时常去玩的那个小池塘。

“呐，这就是我家，我住这里。”

原来她就是小胖子口中那个住在池塘里，害怕被扔石子的姐姐。

“这是你的池塘？”我问。

她跳到池中的一片落叶上，神色笃定道：“不，这是我的海洋。”

因为是秋天，池塘内漂浮着许多落叶，甚至有些靠近岸边的叶子已经被水泡烂了，这一池污泥浊水，竟是她的家吗？

爱丽丝站在叶子上，甩了下自己的黄披风，扶了扶自己宽大的海盗帽：“你应该也看出来了吧，我是个海盗。”

我望了望这个不足10平方米的小池塘，很难赞同。

爱丽丝把塑料瓶上的包装纸撕开，双臂举着包装纸高高扬起，上下扇动，包装纸就像帆一样，把她送到了岸边。“想到我的家里看看吗？虽然你小时候就见过，但你已经忘了不是吗？”

我可不想蹚进这潭浊水中。

爱丽丝指了指映在池子里的月亮，诱惑我道：“你如果跟我下去，我就告诉你那晚月亮去哪儿了。”

实不相瞒，我心动了。

我犹疑着脱了鞋和袜子，正要踏进水里，就见她捂着肚子狂笑：“不是这样下去。”爱丽丝示意我弯下腰来。

在我弯下腰时，她不知从哪儿掏出一颗小珍珠，当然，对她来说，那已经很大了。她费力地举着一粒白色的珍珠，我接过来，她说："放到你的口袋里。"

我把珍珠放在牛仔裤的口袋中后，爱丽丝叫我闭上眼睛。

我当然没有听她的，我假装闭上了眼，但其实还眯着一条小缝，想看看她到底要搞什么把戏。然而就算我眯着眼，也只能看到一层淡蓝色的，如塑料薄膜一样的东西蒙在我眼睛上。

"睁眼吧。"她说。

我睁开眼睛，自己竟然已经在海底，哦不，是池底。而且，我变得和爱丽丝一样小了。我越来越觉得，自己像是在梦中。

"这真的不是梦吗？"我一说话，就有一串泡泡从我口中飘出去。"这是池塘下吗？"又有一连串的泡泡飞舞在我眼前，叫我看不清周围。

"别傻了。你此刻就是在海底。"

爱丽丝递给我一个透明笔帽，应该是被当作垃圾扔到池塘里的笔帽，对我说："戴上。"

我迟疑了一下，还是把笔帽套在了头上，再说话时，就不会有泡泡乱飞了。我竟然像个孩子一般，因为这个小玩意心生雀跃，一个未知的、从未见过的世界正向我敞开大门。

我还不足身侧的一块石子大，不时有泛着蓝色光晕的小鱼从我的身旁游过，宛如海底的银河，污浊的池塘之下，竟是这样的美景。

头顶突然被黑暗笼罩，原来是一头鲸鱼游过。“池塘里怎么会有鲸鱼！”我惊叹道。

爱丽丝吹了个口哨，鲸鱼就停在了前方。爱丽丝走到鲸鱼身边，一条打着结的绳子从鲸鱼背部落下，爱丽丝率先爬上一个绳结，对我说：“走吧，我带你坐鲸舟，看看真正的世界。”

我跟着爱丽丝一起爬上了长长的绳结到达鲸鱼的背部，这才发现这里坐了许多和爱丽丝一样大小的人，他们容貌各异，看见我后都露出和善欢迎的笑意。这样的笑容我曾在刚回童桦镇时，镇里的街坊脸上就看到过。

“呜……呜……”像是来自外空的火车汽笛声一般，一阵强有力的气流从鲸舟前喷出，直接把我戴在头上的透明笔帽冲飞掉。

慌乱之下，我连喊数声：“爱丽丝！”一连串的泡泡从我的口中飞出，惹得身侧的人都笑了起来。

我也跟着笑了。

有人直接送给我一个大泡泡叫我戴到头上，我捧着这个小水团，颤颤巍巍地触到了头顶，一瞬间水团就裹住了我的脑袋，估计此时我看起来就像一个在海底的宇航员。

鲸舟缓缓前行，水波抚过我的身体，身边总有一些亮眼的小彩灯般的鱼儿游过，令人安心。

这是片海洋，如今我也这样觉得了。

“我的海洋怎么样？”爱丽丝在我眼前摆摆手，叫我回神。

“太美了。”我由衷地赞叹，此时的我已经无法说出任何优美的词汇，只有最真挚最直接的感受，这里太美了，原来这个世界，还有这样一个叫人说不出话来的美好角落。

爱丽丝满意地笑笑：“你知道的，我是个海盗，这里是被我征服的。”

我看着眼前这个娇俏可爱的小女孩，并不相信她的话，却没有拆穿，只是点点头，继续放空，欣赏着面前的未知。

爱丽丝看出我的敷衍，打了个响指，鲸舟就稳稳地停住。

“下来吧，给你看看我的船。”

面前真的有一艘海盗船！堪比鲸舟一般大小的木质船身，华丽的钩花栏杆，三张巨帆上还都画着一把大型火枪，看起来壮丽又帅气。

“怎么样，帅吧？我的‘爱丽丝号’。”

“你怎么会有海盗船？”我问。

“我从小就生在这片池塘，只有我们一家人住在这里。我一直梦想着要成为一个海盗船长。”她拍拍我的肩膀继续说，“本来我一直向往着海洋，气馁自己生在池塘，无法追逐梦想之海。但你很小的时候，嗯……不知道为什么，你这个人类男孩却能看得见我，我们成了朋友。”

我并没有这段记忆，8 岁时，我就曾看到过童话世界吗？我好像丧失了 8 岁那年的全部记忆。

爱丽丝继续说：“我还记得，我在向你哭诉自己无法前往大海的时候，你告诉我，这里不是小池塘，这里就是专属于我的海洋。”

儿时的我竟然这样鼓励过她？我感到无比羞怯，如今的我，可说不出这样温柔的话。

“我不记得了。”我想我这样说可能会扫兴，但这是事实。

“是的，你忘了。不过你会想起来的。”爱丽丝拽住我的衣角，“你以前还告诉过我，不用去追逐别人说好的东西，去做自己喜欢的事，就是完成梦想。”

“不用去追逐别人说好的东西，做自己喜欢的事，就是完成梦想。”

34 岁的我反反复复回味着 8 岁时自己说过的话。

爱丽丝继续说道：“所以我不去追求别人都说好的遥远的大洋了，我要把我的小池塘变成大海，在自己的海上，做个勇敢的海盗。”

说着，我们一起登上了“爱丽丝号”。

第二十七章
我们是朋友

原来，爱丽丝听到我说的“这就是你的海洋”后，就不再去追寻传闻中遥远的、比天还广阔的大洋，而是开始在自己的小池塘中，为自己的梦想努力。

她四处搜寻材料，制成了一个小小的海盗船，并努力地改善这里的环境，渐渐地，池塘底不再是脏乱差的样子，不少精灵也跟着搬迁到这里。可随之而来的，也有许多“侵略者”，他们听闻这里是处桃花源，便也赶来想要霸占这片“海”。

爱丽丝跟这里的人们一起战胜了对方，虽然在战争的过程中，有几艘辛辛苦苦建成的船只被打毁，但幸亏还是守护住了自己的家。后来越来越多善良的精灵来到这里，他们一起把这片海洋拓宽、拓大。爱丽丝自己的船也越建越好。这里越来越美好，定居在此的精灵越来越多。

“因为我是第一个想要把这里变成海洋的人，所以大家都叫我给这片海起名字。”爱丽丝说。

我静静地听她讲，她却顿住不再说。

“这片海，叫什么？”我站在船头，望着眼前的一片蔚蓝。

“叫……沉海。”

“沉海？为什么取这个名字？”

爱丽丝狡黠一笑：“因为你啊。你姓程不是吗？是你告诉我可以这么做的，所以这片海，也属于你。”

我无所谓道：“8 岁的时候懂什么，不过是随便说说吧。”

爱丽丝神色变得认真，她紧紧盯着我的眼睛：“胡说，小孩子才是最聪明的，我看你现在变笨了许多！自大又愚蠢。”

我被说到哑口无言,是吗？8 岁的我比现在的我更聪明吗？或许吧。

不过，我有了一片海。

我偷偷在心里笑了。

“快去找回小时候的记忆吧，你这个笨蛋！”爱丽丝眉毛皱在一起，戳了戳我头上的大泡泡。

“可是童桦她并没有说愿意帮助我。”一想到她我就头疼，我可不想和那个女人再打交道。

“那你是想一直笨下去咯？”爱丽丝双手交叉盘在胸前。

可我对儿时的记忆并不十分在意，我问爱丽丝：“你认识我的父亲吗？”——我更关心这个。

“程中海？这里谁不认识他。他是幸福火车的车长啊。”

我心头一颤。

“幸福火车？真的有这列车？我父亲从什么时候起就能看

见你们的？他是不是人类？你见过那列红色的火车吗？……”

爱丽丝打断了我的问题：“你想知道的话，去问他不就好了。”

她说得如此理所当然。

“我和父亲吵架了，他不会原谅我的。”

“他肯定已经原谅你了。”爱丽丝很快就接过了我的话，“没原谅的话，就多道几次歉。”爱丽丝耸了耸肩，一脸天真地说。

“可是我害怕尴尬。”但我并不这么想，我为难地说。

如今我终于知道父亲并没有撒谎，他说的童话世界也是真实存在的，是我一直遮住眼睛，不愿意相信父亲说的话。可是我曾经那样笃定地反驳、埋怨他，还为此与他冷战、争吵。此时我最大的感受是——尴尬。

人类真的是奇怪的动物，我们会因为爱而感到喜悦，也会因为爱而感到尴尬。尤其在发现自己误解了一个人时，第一反应不是感到抱歉，而是感到尴尬。当我们想要说出“我爱你”时，第一反应也是说了会不会尴尬。我们会因为尴尬的情绪放弃许多事物。由此可见，尴尬是人类友好相处的宿敌，是人们大声表达爱意的拦路虎，如果想要好好生活，就需要谋杀尴尬。

我乱七八糟地想着，这时，爱丽丝放开了帆绳，巨帆铺洒而下。“别多想了，你要是想看幸福列车的话，我现在就带你去。”

爱丽丝朝着远处打了一枪，这回是橙子味的。

海盗船朝她子弹的方向开去，开了许久，等到船身快要撞上前方的壁垒时，爱丽丝一牵绳，船就稳稳停下。只见她轻轻伸手去触碰壁垒上的橙子标记，瞬间壁垒就打开一个大洞，宛如水坝放了闸，船身随着水流冲出，船身瞬间失重，刺激！

“抓紧！”爱丽丝命令我。

再然后，我们就进入了漆黑的地下河，放在我口袋中的珍珠发出了昏黄色的光，照清了前路。

“我们现在在哪儿？池塘下怎么会有这么急速流淌的地下河？”

爱丽丝酷酷地说：“这不需要解释。”

我便不再问。

是的，童话世界中充满了各种可能，无须解释，不必细究。

水流渐渐平缓，也不知是走到了哪里，爱丽丝再次朝我们头顶上方开枪，上方就开了一个圆洞，再一拉帆，船就缓缓升起，我们竟到了一片新海。海面上空无一物，远远可见群山。

“好了，等你把珍珠掏出来，就可以变回原来的样子了。”

我无意识地掏出口袋中的珍珠，瞬间我就变大了，手中的珍珠变得只有一粒红豆大小。

回过神来，我发现自己竟然正双脚踏在一个浅浅的水洼中！原来海洋只是一汪小水洼，原来小水洼也可以是一片汪洋。

我不敢轻易抬脚，生怕一不小心就踩到爱丽丝的船。

我就这样站在水洼中弯下了腰，却没有找到爱丽丝。她该不会已经被我踩到脚下了吧？我赶紧跳出水洼，一阵担忧，不停地朝水洼方向问去：“爱丽丝，你在哪儿？你没事吧？”

此刻在不明真相的人眼中，或许我就是个自说自话的疯子吧。想到曾经我也这样认为父亲，不由得心生悔意。

“爱丽丝？”我喊得更大声。

“在这儿呢。”

我一回头，就见爱丽丝正站在水洼旁边的石子上，这才松了口气。

“还好你没事。你的船呢？”

“我可是勇敢的海盗，能有什么事？船我已经送回去啦。”

好吧，童话世界没有不可能，船当然也可以瞬间转移。

我把爱丽丝放在自己的小臂上，站起身来。

“这里……不就是那条铁轨旁吗？父亲那看不见的火车就在这儿？”

“呐，就在那儿。”

我顺着爱丽丝的手指看去，却只看到了那条废旧的铁轨，哪有什么火车?

“我看不到。”我失落地说，“为什么我已经能看见你了，却还看不见那列火车?你能看得到吗?”

爱丽丝也摇摇头：“你还看不到吗?怪了。”

父亲说，幸福的人就能看得见那列火车，我幸福吗?我问自己。

我觉得自己并不幸福。我是一个已经放弃写作的作家，我追求的名利正离我越来越远。爱丽丝的梦想是成为一个海盗，她成功了。我呢?我渴望赚很多很多钱，渴望事业成功，渴望非凡的人生，却全部失败了。连父亲也对我失望了吧。

不知现在几点了，应该已经快天亮了吧。

我不配看到那列火车。

我坐在铁轨上，低垂着手，像个做错事的孩子。

“喵……”

是那只“国王”又来了。

“爱丽丝叫我来安慰你。”他毛茸茸的尾巴翘起又落下，“我建议你不要难过。”

还真是朴实无华的安慰啊。

我努力打起精神，对他说：“你之前说要来谢我，是谢什么?”我忍不住撸了一把肥猫的背。

肥猫的尾巴一瞬间直直翘起，跳得离我非常远，朝我龇牙，面露嫌弃地控诉："别碰我。"

"抱歉。"我说。

肥猫的尾巴绕回脚下，重新和我一起坐在铁轨上。

"既然你忘了，就忘了吧，我可不喜欢欠人情。"他慵懒地瞥了我一眼，"不过，我们以前，是朋友。"

我、爱丽丝、肥猫，我们三个一起坐在铁轨上，像世界上所有坐在马路牙上的朋友那样。

"我爸对我很失望吧？"也不知是想问他们还是想问自己，我喃喃出声，"我不仅从不相信他说的话，还看不到他说的火车，也没写出什么好故事。"我低垂着头，"我还……和他吵架了。"

我掏掏口袋，没找到烟，手又寂寞地放在铁轨上，冰凉的。

肥猫的尾巴扫到我脸上，尾巴末端裹着一块发光的软糖，递在我的手边。

我接了过来，不明所以，问他："干吗？"

肥猫面无表情地说："糖，吃了开心点。"

好意心领了，也明白他高冷外表下柔软的心了。可……我看着手中这块发着荧光色的糖，连个外包装都没有，卫生不卫生啊，该不会还有毒吧？我拿在手里，迟迟没有放进嘴里。

"你小时候最爱吃了。"肥猫尾巴一扫，如是说道。

面对肥猫犀利的眼神，我还是把糖放进了嘴里，生怕自己不吃就会被他挠。

这似乎就是橡皮，什么味道都没有，我背过身子，想偷偷把糖吐掉时，却突然甜了起来。是巧克力的味道，含了一会儿又是椰子汁的味道，接着又变成了可乐味，都是我喜欢的。

“你想要什么味，就能尝到什么味。”爱丽丝解释道。

“谢谢，国王。”我由衷地跟肥猫说，“这糖叫什么名字？”

肥猫双手扶了扶自己的王冠，给我一个傲视群雄的眼神，说：“百万糖，因为至少有一百万种口味。”

我点点头：“还不错。”

天渐渐变亮了，浅色的月亮和饱和度很低的太阳共处于灰蓝色的天空中。

我站起身来跟爱丽丝和肥猫道别：“我该回去了。”

爱丽丝说：“幸福火车你一定可以看到的，我们帮你想办法。”

肥猫说：“别想太多，不想太多，就会幸福。”

我缓缓走下高坝，背着身朝后面两位挥手。

是时候去和父亲谈谈了，关于那列幸福火车，关于幸福。

第二十八章

我不知道的事

走着走着，突然脚面上有微微痒痒的感觉，一低头，正是爱丽丝在我脚面上跳舞呢。

“干吗？”我蹲下身子。

爱丽丝似乎有些尴尬，她咳嗽了两下才说：“呃……我记得我还没告诉你，第一天晚上月亮去哪儿了。”

没错，这个问题我想了很久。

爱丽丝轻车熟路地跳到我的肩膀上，凑到我的耳边说：“那晚，月神逃班啦。”

我回忆起当时那浅浅的一层薄纱般的光和无月的天空，问她：“什么意思？”

爱丽丝说：“你看月亮。”

我抬起头，月亮的颜色已经越来越淡，快要融进天边的“鱼肚白”里。并没有什么异常。

爱丽丝满怀期待地问：“你看得见吗？”

我摇摇头。眼中的月亮只是一个淡色的半圆，上面什么都没有。

月亮就快要淡去了。

爱丽丝着急道："你不是已经相信童话了吗？"

我肩膀垮了下来，爱丽丝像是突然想到了什么似的，大声吼出："或许因为你不够快乐！"

是啊，我虽然看到了部分童话世界，徜徉了用我名字命名的海洋，见到了曾经并不相信的美好，可我还是觉得颓唐。

童话世界是童话世界，我的生活是我的生活，我乱糟糟的事业并没有因看到这些精灵而改变。

父亲那列只有幸福的人才看得见的火车，是怎么定义幸福的呢？我边走边想着。

爱丽丝在我的肩头絮絮叨叨，试图把我从丧气的心情里拽出来。她说："月神呢，就是掌管月亮的神，她每天需要把月亮涂上颜色，再擦掉。还要根据时令决定拉开的程度，比如中秋节时，月亮就要全亮，她就得把黄色涂满；白天的时候就要加班去擦掉。"

我听得来了兴趣，问道："那原本的月亮是什么色呢？"

爱丽丝说："是透明的，像玻璃球一样。"

我继续问："那晚没有月亮，是因为月神没有去涂色吗？"

爱丽丝点点头："那天月神她喝醉了，不小心把颜料打翻，洒在了地上，所以就像你看到的一样，空中全是淡黄色的光。"

原来如此，我没去想什么月球、吸引力、公转等，只觉得涂色的说法比那些都浪漫多了。

天已经完全亮了，月亮隐身了，想来今天月神没有翘班，刚按时把颜料擦掉了吧。

回家后，我轻轻地推开房门，怕惊扰了还在睡的父亲。

原来，他曾一次次告诉我的童话世界是真实存在的，然而在我一次又一次的反驳、拒绝下，他终是不再试图让我相信了。是我一次又一次伤了父亲的心吧。

抬头看着镜子里的自己，已经有青白的胡茬冒出，洗手台之上，放着一个类似银制的刮胡刀铁盒。这个刮胡刀我有印象，自有记忆起，父亲就一直在用这个。我也曾给他买过电动刮胡刀，但他还是坚持使用这个老式的刀片。我曾以为他是个固执又守旧的人，现在想想，可能父亲只是恋旧吧。

我拿起这个小铁盒，上面已经有许多锈斑，少说也用了20多年了。我打开小盒子的盖子，发现里面原本放镜子的地方，卡着一张泛黄的小卡片，只一眼，就红了眼眶。

卡片依旧被透明胶带粘起来保护着。上面用铅笔画着一个戴工帽的男人，下方是孩子稚嫩的笔体，写着：世界上最好的爸爸。

是我小时候写的，但我对这码事毫无印象。

我把小卡片小心翼翼地取出来，其实那只是薄薄的一张作业纸，后面是绿色的田字格。应该只是我小时候随手画的，父亲竟然一直留着。

父亲把我随手写的东西，珍藏了这么多年。

这一瞬间，我想要想起一切儿时的时光，我想要知道小时候自己和父亲一起经历过的所有，我想要把儿时和父亲相处的时光也像这幅小画一样，珍藏在心底。

我要去找童老师，去问她借那只可以看到过去的玫瑰胸针！

我跑出院门，就见童桦已经在巷子尽头等我，我放缓脚步，朝她走去。

“请帮助我想起过去。”

“现在，你相信童话世界了吗？”她松散的声音让我放松下来。

“我已经看到了。”我回答说。

童桦微微一笑，手指轻点那枚别在她胸口的玫瑰，玫瑰胸针就放出了红色的光芒，瞬间我就被一团温暖包裹住，像身处夏日午后的窗边。

迷蒙中，我听到童桦说：“祝你旅途愉快。”

一睁眼，我就知道自己又像上次的梦境一样，以“观察者”的身份，回到了 8 岁的时候。

我正站在县城的街头，街道两旁均是小二楼，在当时那个年代，只有县城才有这样的房子，我回到了童安城的集市上。

街对面是一个挂着“新华书店”招牌的小店。

我看到年轻的父亲骑着一辆大自行车，车子前端是一个大横梁。他把车停在靠墙的位置，整了整衣服，才踏进书店。父亲一生都非常尊重书本，翻书前一定要洗手，家里的藏书也都放得整整齐齐，连进书店前都要仪容整洁。

虽然我知道别人看不见我，但还是学着父亲的样子拽了拽皱巴巴的上衣后才跟了上去。

父亲熟练地停在一面书架前，我凑近一看，这里是童话书的区域。

父亲弯着腰一层一层看过去，后又起身。

售卖员见我父亲迟迟弯着腰找着什么，走过来说：“又来给儿子买书？最近只有一本新到的《快乐王子》。”

这位短发女人竟然是童桦！她的那枚胸针，正别在她的上衣口袋上。

怪不得她说她与父亲是老朋友了，原来在我小的时候，她们就认识了。童桦果然如爱丽丝所说，一直都没有变老。

父亲直起身子来，朴实地一笑，说：“是吗？还好有新的了，儿子等着要看新故事已经几个星期了。”

童桦把一本淡绿书皮的《快乐王子》从书架上抽出来，递给父亲：“这本比较贵，得十八块五毛二。”

父亲没有犹豫，从口袋里掏出整整齐齐的一叠零钱交给童桦："没事，他喜欢就行。"

18元5角2分，在20世纪90年代，父亲一个月的工资也不过200元出头，这一本书已经将近一星期的生活费了。想到此，我微微鼻酸。

父亲从不吝啬对我的爱，只是不会说出来罢了。

"过段时间我再来，有新书的话，麻烦您帮我留一下。"父亲把《快乐王子》仔仔细细包在布里，小心翼翼地放进自己的包里。

"好。"依旧是我熟悉的，属于童桦的慵懒声调。

我跟着父亲走出门去。父亲心情很好的样子，他跨上自行车，哼着歌骑远了。

我站在原地没有动，面前的街景忽然变换。这回，父亲是带着我来的，小时候的我坐在父亲自行车的横梁上。

"爸爸，快点！"小程尧喊着。

父亲刚一停车，小程尧就跳下车去，急匆匆跑进了书店。

我站在原地，街景不断地变化。

我看到不同穿着的父亲，一次次地走进书店，一次次为我买童话书。县城离童桦镇很远，从镇上到县城，往往要用上半天的时间。这么远的路，父亲就因为我喜欢读童话故事，便不厌其烦地一次次来。

这一次，街景终于不再变化。父亲穿着厚重的棉服，踏着雪走到书店门前，把身上的雪抖尽后，才推门进去。

童桦见到父亲进来，一脸惊讶：“不是跟你说最近已经没有新的童话书了吗，怎么……”

父亲手冻得通红，他摘下大军帽，憨憨地笑了：“碰个运气，万一有呢。”

童桦好奇：“为什么不自己给孩子编故事呢？”

父亲不好意思地挠挠头：“我嘴笨，编不出来，孩子也不爱听我编的。”

童桦表情复杂地看着对面的父亲，良久才问：“你相信这个世界上，真的有童话世界吗？”

父亲迟疑了一下，才回答：“不知道，或许有吧。”

童桦点点头：“既然没有故事可以给孩子讲了，就把他带进童话世界吧。”

说着，童桦胸前的胸针亮了一下。

“前提是，你需要一直做通往童话世界列车的车长。”

第二十九章
记忆碎片

原来幸福列车……是童桦送给父亲的吗？

正想着，我瞬间又到了另一个场景。

小时候的我和爸爸在那棵大树下读童话。

小程尧趴在草地上翻看着一本童话书，父亲则坐在一边看着他。

小程尧忽然抬起头："爸爸，我以后也要成为大作家。"

"好，那爸爸就是你的第一个支持者。"父亲笑笑说。

小程尧继续补充道："我要赚很多很多的钱，给爸爸买一列火车。"

父亲畅怀一笑："行，爸爸想要红色的。"

小程尧想了想，歪着头问："爸爸，如果我长大没有很多很多钱来买火车怎么办？"

父亲拿着狗尾巴草扫了扫小程尧的鼻尖，安慰道："那也没关系，爸爸不希望你为了给我买火车，很累地去赚很多很多钱，你只要健康快乐就好。比起红色的火车，爸爸更想让尧尧能一直快乐。”

小程尧似懂非懂地点点头，说：“那爸爸也要一直快乐！”

小程尧挽着裤腿站在田埂间的流水中，对父亲说：“爸爸，快下来，水可凉了！”

父亲站起身来：“衣服都湿啦，回去你妈又骂你。”

小程尧不以为然：“爸，快下来！”

父亲笑着：“别想拽我一起被骂，我可不去。”

小程尧把水撩起来泼到父亲身上，父亲撸起袖子，作势要去抓他：“好呀你！”

父亲也跳到流水中。

小程尧得逞地笑：“好啦，这回咱俩一起被骂！”

父亲弯着腰，从流水中抓出一只田螺：“尧尧，看这是什么。”

小程尧尖叫着跑到父亲那里，踩得水花飞溅，笑声轻松压过哗啦啦的流水声。

小程尧和父亲都戴着尖尖的报纸帽子，一起粉刷家里的墙。

刚刷好一面，小程尧就拿着蜡笔，说：“爸，我想画个太阳。”

父亲点点头：“画吧，画大点。”

妈妈从厨房走出来，佯怒道：“我看你俩谁敢！”

小程尧笑嘻嘻地在白墙上用红蜡笔画了一个圆。

妈妈作势要跑来打小程尧的屁股，小程尧“嗖”地抱住父亲的大腿躲在他身后：“妈，爸爸说啦，在墙上画画的都是艺术家！我和爸爸都是艺术家啦！”

童桦镇入口处的那个桥洞。

刚下过雨，桥洞积满了水。几个叔叔为了通路，正用大木桶装水往外舀。

“小程，你要么带着孩子先回吧，尧尧饿了吧？”一个穿着背心的叔叔站起身子说。

“我不饿！”小程尧喊着，他正坐在桥洞外高高的石墩上，荡着双腿。

“爸爸，快让我坐船！”小程尧跳下石墩，站在水边。

父亲就把木桶提过来，抱着小程尧坐进去。

然而木桶很快就沉到水下，小程尧一下就红了眼睛：“爸爸，船漂不起来。”

“尧尧变胖啦，把船都压沉啦！”背心叔叔笑着逗小程尧。

父亲也笑起来：“程尧长大了，该换大船了！”

我看着儿时欢笑着的自己，心生感慨，原来桥洞下的水，并不混浊惹人厌，相反，还令小时候的我那么快乐。

场景又瞬间一换。

我回到了自家院子。我站在窗外，看着屋里趴在窗沿上写字的小程尧。

小程尧正在田字格上写着作业，一会儿看看这儿，一会儿看看那儿，半天下来没写两行字。他突然翻了一页纸，在纸张的背面画起了画。他先画了一个人，然后咬咬铅笔头，又在人的头上加了一顶帽子。一笔一画地写下：世界上最好的爸爸。

然后小程尧把纸撕下来，蹦蹦跳跳跑到院子里，把纸条塞给正在修衣架的父亲。

“爸，秘密，等会儿看！”说完小程尧就跑回家里。

父亲慢慢展开纸，看到字后，宠溺地说道：“这孩子。”

他走回自己的房间，把这张纸条夹在一本《中国铁路建设史》中。

背着书包的小程尧正蹲在院子的铁门前抽泣，拿着树枝在地面上写写画画。

我蹲下身去看，他写的是“100”，下面还画了两个杠。

我笑出声，原来是因为成绩而哭啊。

小程尧迟迟不肯起身回家，父亲从院内走出，问他：“你蹲在这里干吗？饭都要熟了。”

小程尧半晌都不说话，因为有人来了，哭得更猛了。

父亲陪小程尧一起蹲下，耐心地问：“怎么啦？谁欺负你了，爸爸给你报仇。”

小程尧垂着头摇了摇，小声说：“我语文这回没考 100 分。”

父亲眼睛笑得弯起来，把小程尧直接从地上捞起来，然后从口袋里拿出了什么。

“你不哭的话，爸爸就给你一个宝贝。”

小程尧用手抹开鼻涕，因为抽噎而结巴：“什……什么？”

父亲把握住的拳头伸在小程尧面前：“还有眼泪呢。”

小程尧把头埋在父亲的肚子上，把泪和鼻涕统统抹在父亲的白衬衫上后说：“不哭了，没有泪了。”

父亲这才把拳头展开，里面是一颗大白兔奶糖。

小程尧破涕而笑，当下就把糖纸剥开，放进嘴里，然后把糖纸在掌心抚平，叠成小方块放进口袋里。

父亲拍拍小程尧的肩：“男子汉，不能因为成绩哭。”

小程尧点点头：“我下次一定考 100 分。”

父亲牵住小程尧的手，一大一小一起走进院内。

小程尧问：“爸爸，男子汉因为什么才能哭？”

父亲沉吟了一下，说：“因为爱的人。”

我站在年轻的父亲身边，早已泪流满面。

在那条铁轨边，父亲问小程尧：“程尧，你相信这个世界上真的有童话世界吗？”

小程尧一脸笃定地回答：“当然啦，童话不就是能看到童话世界的人写的吗？所以一定有的。”

父亲把小程尧举起来架在自己的脖子上，说：“好，那爸爸就带你去看看，童话世界是什么样。”

一列红色的火车伴随着一道巨大的彩虹，从铁轨尽头驶来，缓缓地停在二人的面前。

小程尧惊呼着：“好漂亮的火车！”

父亲抓住小程尧的手，说：“这是爸爸的幸福列车。幸福的人就能看得见，尧尧是幸福的人，所以看见了。我们只要坐着幸福列车，就能进入童话世界和精灵们玩了。但是千万不能告诉别人，你能帮爸爸保密吗？”

我看着小时候的自己和爸爸走上了幸福列车，心跳如鼓，刚想要跟着上去，场景瞬间变化。

一眨眼，我就又回到了自己的房间。

小程尧正在桌上写着什么，画上是父亲和他牵着手站在一起，身后是一列鲜红的长长的火车。小程尧一笔一画，写得仔仔细细——“我爱爸爸”。

父亲坐在身旁看他，等他写完，双手把画举在父亲面前。父亲接过画，盯着看了许久，微笑着在画的背后写下“1995年9月24日”。

原来抽屉里的那张画，是真实的场景，在1995年9月24

日这一天，父亲真的带我去看了他的幸福列车。

眼前所有的景象瞬间消失了，等我回过神，自己就已经孤零零地坐在自家大门口。童桦早已离开，也不知我在这里坐了多久。

如梦初醒。

儿时的记忆碎片让我重新想起了那些和父亲在一起单纯又快乐的时光。父亲曾为我默默做了那么多，那么用心地保护我小时候的天马行空，让我在关怀和爱意中成长。长大后的我却自认成熟，埋怨他一直沉迷童话世界。

是我把父亲对我的千言万语堵在他的心里，还自大地认为自己有些成绩，就可以鄙视父亲将近 40 年的认真工作。

从什么时候起，我变成了这样讨厌的大孩子。

我匆匆跑进家，像是要去抓住什么。

屋内，父亲正弯着腰，在客厅的柜子里翻找着，听见我的动静，他直起腰来。

我局促地站在原地，和他对视。

我深深呼出一口气，走到父亲身边，本想轻轻松松地说句话，却不受控制地嗓子发酸。

我努力克制自己颤抖的声音，扯出一个羞涩的笑：“爸，给我讲个童话故事吧。”

父亲看着我，面露疑惑。他问：“你好……你是？”

父亲不记得我了，在我成年后，终于想再听他讲一次童话故事的时候。

第三十章
碎碎念

父亲被确诊为阿尔茨海默症。回想起来，父亲的病其实早有迹象，只不过当时我沉浸在自我情绪中，忽视了那些细节。

整理父亲的房间时，我发现了父亲的秘密——一本日记。

父亲的日记一写就是将近 40 年，他一向懂得坚持。在他简洁的日记里，我终于窥探到他的内心世界，窥探到他平凡简单的生活。

他日记的内容基本都是关于儿子和妻子，以及些许童话世界中有趣的事物。在我一页页翻开父亲的日记时，我终于彻底理解了他。

原来父亲拥有整个童话世界，但我和妈妈，才是他的一切。

父亲的最后一篇日记，是 2020 年 9 月 29 日写的，也就是他生气打了我耳光的那一天。他只写了简简单单四个字，却叫我泪水决堤。

父亲写的是：“原谅爸爸。”

如今，父亲的记忆时好时坏，有时能认出我，有时又会记忆错乱，以为自己是在几十年前。已经有几次，他一个人走出镇去，说要到童安城的书店去给儿子买童话书，叫我哭笑不得。

辗转几家医院后，我决定和父亲一起继续在童桦镇生活，我们一起接受了他的记忆将被时光带走的事实。不过没关系，如果他忘了什么，我会帮他记得。

在童桦镇生活的这段日子平和又安宁，虽然大多数时候，起床后都要再和父亲介绍一遍："爸，我是你的儿子，程尧，我已经长大了。"

即便是父亲认不出我的时候，他也会对我这个陌生人很和善礼貌，偶尔需要我帮忙时，他就露出不好意思的笑，含蓄地说："谢谢。"

我的父亲真是个可爱的人，我很高兴自己34岁时再次意识到了这点，还不算太晚。

医生建议我多跟父亲回忆从前的事，于是，春天的时候，我常常带着父亲去我们曾经常去的小山坡，为父亲读他曾经为我写下的那本童话故事册，就像小时候他给我读一样。

对了，忘了说，应校长的邀请，我正式留在镇上的小学任教，教高年级孩子们的语文和写作。

和孩子们一起的时候，偶尔还是会因为他们的吵闹而烦躁，可更多的时候，看着这些孩子们天真的眼神，或善良或调皮的笑，我的神经就会放松下来，陪着他们一起闹。

我带着孩子们踩溪水、滚山坡，一起在我家院子里画壁画，给他们讲童话故事……我要很骄傲地说，我和孩子们都成了朋友，我成了小学里最受欢迎的老师，比童桦都受欢迎。

我常常向童桦讨要她的玫瑰，想要借着神奇的玫瑰做一个关于童话世界的神奇的梦，然后写出神奇的故事。但童桦却数次都拒绝了我，她说："你的想象力比童话世界更加精彩。"

也对，人类的想象力或许比宇宙都要丰富。

和姜可乐成了朋友后，他问我为什么不继续当大作家。我想了想才回答："因为当大作家前，需要先好好生活。"

可乐并没有怎么听懂，他反问我："什么是好好生活？"

我是怎么回答他的呢？哦，对，我说："像你一样生活，就是好好生活。"

姜可乐是怎么生活的呢？他直白、纯粹，毫不掩饰自己对这个世界的喜爱。开心就笑，不开心就哭，难过了就去找朋友倾诉，和别人闹别扭了很快就会和好，会因为无所谓的小事而开心，热烈又简单地，喜欢着自己的生活。

可乐说他还是不明白什么叫好好生活，我拍了拍他的头："老师也不明白，所以老师想跟你一起学习怎么认真地、好好生活。"

冬天，童桦辞去了美术老师的工作，不知去向何方。她一向喜欢搞神秘。

她离开童桦镇的那天，是一个大雪天。雪花虽然没有落叶那么大，却也足够让人惊异。这让我想起桃老讲的那个故事——童桦镇名字的由来。

我开始相信那个故事是真的。一个有魔法且张狂的女人，路过了一个叫安原的镇时，随手一挥，就把这个地方改成了自己的名字。童桦的确做得出来这事。

临别前，童桦终于送给我一枝鲜红的玫瑰，之前那几枝到现在还没凋零呢。童桦的每枝玫瑰，都像她本人一样，永远年轻鲜活，并给人带去一个美好的梦。

童桦说，她要去寻找更多有趣的人加入童话世界。

我问童桦：“你究竟多少岁？”

童桦只慵懒地一笑，说：“A secret makes a woman woman.（秘密使女人更有女人味。）”

后来我又跟肥猫、爱丽丝一起，探讨关于童桦的秘密，我想，我们已经破解了真相。

你知道吗？世界上最早以文字形式流传的童话故事是在公元前 1300 年的古埃及。童桦或许在那时就已经存在了。

她选择那些还抱有童心的，相信童话世界的人们进入真实的童话世界。安徒生、王尔德、格林兄弟或许都是被她选中的幸运儿，那些美好浪漫的故事，没准儿真的发生过呢。

当然，幸运儿里，还包括我的父亲。

刚选择留在童桦镇的时候，我经常会想，选择这样的慢节奏，是变懦弱和甘于平凡了吗？每当自己陷入这样的情绪时，想想父亲一辈子对工作的坚守，看看孩子们交上来的天马行空和温柔并存的作文，我就又会被安然包裹住。

我和孩子们在一起，在这个永远祥和的小镇里，似乎重返了童年。

我常常和爱丽丝一起去我们的海洋里畅游，大多时候姜可乐也会一起跟来，肥猫怕水，所以从不下海。

姜可乐和我一样，在 8 岁的时候看到了童话世界，8 岁以后就会失去这一年的所有记忆。等他成年后，如果还真的相信有童话世界的话，就能再次看到那些隐藏在世界中的可爱事物了。

希望他别像我一样，这么晚才想起自己的旧朋友。希望当他长大以后，可以再一次和我一起去爱丽丝的海洋时，我还不是个老头子。

我的生活慢了下来，却有了更多收获。

我还是在继续写作，但并没有发给任何出版社，只是写一些记录心情的随笔罢了。

你一定很关心那列看不见的火车，我也一样。

我一直都没有见到那列红色的幸福火车，也没有坐上那火车通往更广阔、更神奇的童话世界。能看到的精灵也只有爱丽丝、肥猫两个。姜可乐倒是可以看到很多，却也再未能进入童话世界。童桦说，只有我的父亲想起自己的幸福火车，才能召唤出它来，才能带大家进入童话世界。

可父亲已经把幸福火车忘了。

我并没有因此失落，我想，我已经渐渐学会了满足和品味幸福。和爱丽丝以及肥猫这些藏在人间的精灵朋友们在一起，就已经足够快乐。

那个美好的，需要坐幸福火车才能看到的完美童话世界，对我没有特别强烈的吸引力。我期待的不是童话世界，而是和父亲一起去童话世界。

一眨眼，我已经在小镇生活了半年。

童桦镇的夏天伴着蝉鸣声终于来了，我在院子里种的茄子也终于熟了。

这天一大早，父亲就在窗外敲我的窗子，我睡眼惺忪地起床，却见父亲早已穿戴整齐。他穿着那身藏蓝色的板正工装，戴着铁路工帽，透过玻璃向我喊：“程尧，快起床了。爸爸带你去看我的火车。”

父亲的工装和工帽都保存完好，使用了这么多年，也只是洗得稍微有些泛白。如今我才明白，他是真的热爱自己的工作。

“那代人确实很棒，但是稍微有点孤独。他们不能幸运地融入世界，他们虽很高傲，但心存相信：相信正直，相信男性品德，相信沉默，相信孤独和诺言，还相信女人。他们失望的时候，便沉默不语。他们当中的大多数人一辈子沉默，将自己的一生奉献给义务和沉默，就像献身给誓言一样。”

在读山多尔的《烛烬》时，我终于明白，沉默不是父亲的缺点，而是他宝贵的品质。

曾在一本蹩脚的杂志上看到过这样一句话：“当一个男孩理解了自己的父亲，就成了一个男人。”现在，我很笃定，我终于成为一个有担当、热爱生活的大人，同时也变成了一个相信童话的小孩。这是人类最好的状态，不是吗？

我和父亲并肩一起，沉默着走向那条铁轨。

“呜……呜……丁零……”随着一声长长的汽笛声，一列红色的火车从铁轨的转弯处朝我们开来。火车车头上挂着一道彩虹，淡红色的光晕铺洒在车身上。

我看到车窗上有许多小动物探出头来，还有一株向日葵也是乘客。

是它，幸福火车，我看见了。

经历了诸多，我终于明白了幸福的定义——坦荡地爱与被爱，相信并永远期待美好的存在。

父亲用他那宽厚的手掌拍了拍我的肩，对我说：“去吧，去看看你的火车。”

这天，父亲把他的幸福火车送给了我。

走向我们的幸福火车时，我想起了孩子们说过的，“所有童话故事的开头都是从前，从前真美好啊”。

没错，从前是段好时光，但只要相信童话、相信美好，现在、今后的日子，都会像从前一样，是段充满乐趣与幸福的好时光。

我终于再次有了讲故事的冲动。

在小学代课的闲暇时光，我把自己和父亲的真实经历写了下来，没有狗血的剧情，没有大开大合的跌宕，我只是记录了真实。因为，真实的，就是美好的。

我写得慢慢悠悠，轻松平和，偶尔会给孩子们读一读我的文字。最终完成小说时，孩子们叽叽喳喳地帮我的故事取了好多名字。父亲精神好些的时候，我询问了他的建议：“爸，我们的故事，要叫什么名字？”

父亲珍重地在小说的空白封面上，写下了——《看不见的火车》。

愿所有看到这个故事的人，所有扎根在生活中的人，都能怀有一颗童心，相信美好。

愿所有被“沉默的爱”困扰的人们，都能学会与家人沟通，像孩子一样肆意地表达爱意。

期待和所有热爱着的人们，一起看到那列代表着幸福的火车，一起在平凡的日子里，开出绚丽的花来。

番外：
父亲的日记（节选）

1987年9月17日

儿子出生，云清为孩子取名为程尧。万分感恩妻子，此时只觉自己的生命有所延续。

愿儿子快乐成长。

1992年8月22日

尧尧聪慧听话，奈何我工作在身，常不能伴他左右，心有愧疚，幸而尧尧爱读童话，四处寻找了不少故事书，能满足儿子，我很是满足。

1993年1月28日

世界之大，无奇不有，今日庆幸获得幸福火车一列，能通往童话世界，往后可以给尧尧多讲些故事。

1994年1月1日

今日在童话中有所奇遇，甚为感人。遇到平分翅膀的一对爱人，思及妻儿，害怕与他们分离。万般期盼，唯愿家安。

1995年5月12日

与尧尧约定，火车路过童桦镇时，鸣笛和儿子打招呼，切记，勿忘。

1995年9月24日

尧尧说他看到了幸福火车，我带着他一起去了童话世界，尧尧非常高兴，希望他能一直这样开心。

1998年8月20日

云清喜静，想留在童桦，我也不愿离开，推脱了童安城的工作，期许在此共度余生。

2001年2月14日

云清病重，心痛恨不能代受。

2001年3月16日

云清走了。

我和儿子该如何生活?

2001年9月20日

尧尧忘记了童话世界的一切。童老师说只要他长大后还相信童话，便能想起以往的记忆，看到幸福火车。不论想起与否，只期盼他生活愉悦。

2002 年 2 月 8 日

念你。

2004 年 7 月 6 日

尧尧成绩不错，看他学得很是辛苦，得给儿子多做些好菜补补身子。

2011 年 7 月 2 日

在新华书店买了一本尧尧的小说《解说》，没太看明白，但为他骄傲。

2011 年 8 月 12 日

儿子的小说上了报纸，邀请我去参加发布会，但近日身体不佳，不愿再去添乱。

人要服老。

2020 年 9 月 24 日

儿子回乡，工作上似有烦心事，我很担心，特叫童老师设法留儿子在镇上休息时日。

2020 年 9 月 29 日

程尧，原谅爸爸。

日记本的最后一页，是一封父亲没有发出去的信。

内容如下：

亲爱的儿子：

爸爸不会说话，百般思量后决定写下这封信。

在你很小的时候，爸爸就知道你会是比我优秀许多的人。你聪明好学、懂事且有毅力。你渴望离开家拥有广阔的生活，我渴望你的愿望成真。

近日看你因工作烦闷，爸爸十分担心，却不知该如何帮你。我相信人生的挫折并不会打败你，只会叫你更加优秀，过程虽然艰辛，但若你继续努力、热爱生活，定会结出甜蜜的果实。

我恳切地期盼你能看到童话世界，那么美丽的地方你一定会喜欢。你总说我把童话挂在嘴边十分幼稚，爸爸无从辩解也不知该如何辩解。我常希望你能够看到幸福火车，却忘了你已经长大成人，有了自己的喜好和思想。我固执地想要让你相信童话，既因为在我心中，你永远都是那个喜欢读童话、爱写故事的小孩，也因为爸爸想让你能一直像孩子一样开心，怀有希望，带着童心生活。

愿你平安健康，生活顺意，梦想成真。

你永远是我们的骄傲。

【全文完】